盡頭的回憶

吉本芭娜娜

目次

台灣版序

那段時日

創作《盡頭的回憶》這本短篇集時，剛好是在我懷孕九個月的時候。我還清晰記得因為我的肚子大大的凸了出來，讓我離桌子超遠，只能艱難的修改著初稿的校對樣的樣子。

小孩出生後，我深深覺得我是否難以再書寫恐怖的事情、不吉利的事情、悲傷的事情、戀愛的事情（實際上，在懷孕後的第一年的確如此。）因此，我只好將沉重的主題塞給了大家。我用那個時期還略顯青澀的筆力，非常努力地寫了。我是這麼想的。

森博嗣先生也十分誇讚本作，末篇〈盡頭的回憶〉這個短篇作品也改編成電影，在韓國上映了。於我而言，是有著很深刻回憶的作品。

希望這個作品能再次傳至我最喜歡的台灣讀者手上。

吉本芭娜娜

二〇二三年春

幽靈的家

「既然如此我想吃火鍋，可是一個人在家裡吃太無趣了，小節，要不要過來一起吃？」

我只是說了一句「打工的時候，謝謝你幫了我那麼多忙，所以想用薪水請個客。」而已。

結果岩倉君給我的回答就是如此。

以前遇到獨居男性提出這種邀約的時候，我都不知道該以何種態度來接受。可是他這個人，這句話應該百分之百就只是字面上的意思，再說，他的住處似乎也不太遠，我心裡如此盤算。

總而言之，他這麼說的時候一臉乾脆，毫無其他意圖，我的心裡也完全沒有小鹿亂撞的感覺。

他的身上，有種很不可思議的特質，彷彿隆冬陰霾的天空一般，有種晦澀不清的明朗與陰沉，這一點總令我有些猶豫，不知該不該喜歡他。因為我好像完全感覺不到青春戀情中非常重要的，會想要狂奔的那種勁頭，那種興奮激動。

「那就這樣決定囉？」

我說道，而後淡淡地敲定了日期。

這時，我們倆坐在校園中，唯一一棵巨大櫸木下的長椅上，這是我們就讀的大學。

我原本就沒有什麼朋友，僅有的少數幾個也都忙於打工，很少來學校。這是三流私立大學裡常見的狀況。因此之故，行動大多獨來獨往的岩倉君還有我，自然而然就走得比較近。

和他，是在附近一家類似酒吧的店結識。當時我暫時替一個在那裡打工的朋友代班，而他則在那裡兼職當酒保。

自那之後每次在校園裡相遇，我們都會去吃個飯或是聊聊天什麼的。

據他說自己是這個鎮上一家相當知名的瑞士捲蛋糕店的獨生子，由於不願繼承家業而節衣縮食非常努力地攢錢，而他的生活也確實給人這樣的感覺。若是不趁著大學時代存錢並且自己決定出路，到時候不論願意與否，都有一個得烘焙一輩子瑞士捲的人生在等著，有這種被逼到窮途末路的感覺。他的工讀人生，流露出未來出路已經訂定了的人特有的那種無奈。

「這樣不是很好嗎？瑞士捲最棒了。」

非常喜歡瑞士捲的我這麼說。

「我也不是真的完全不喜歡，我母親，是個非常能幹的人噢。開朗，和藹，工作勤奮。」

岩倉君說道。的確，岩倉君母親的開朗與幹練，在附近的城鎮也相當有名。我經常聽到有人表示，是因為被那親切的待客之道所打動而不知不覺前往光顧。

「我……我真的覺得她是個修養很好的人。」

「我知道呀。」

他的善良，以及良好的教養，只要一同走在街頭就可以清楚了解。比方說在公園散步，枝葉在風中窸窣搖動，光影也隨之晃動。這個時候他就會瞇起眼睛，一臉「真舒服哪」的表情。如見小朋友跌跤，就會露出「哎呀，跌倒啦」的表情，若是小朋友被家長抱起來，就會轉為「太好啦」的表情。這種率真的感覺，是那種從雙親身上獲得無比寶貴之物的人所擁有的特徵。

「所以，如果就這麼順應現有狀況在那個家裡度過一生，我也會漸漸變成一個修養很好的人。」

「那有什麼不好呢？」

「也不是不好，可是在我看來，那並不是真的有修養。生活安穩，有錢又有閒，任何人都會變得優雅有氣質吧？同樣的道理，這樣下去的話，我也將變得只有在那種狀態下才會顯得有修養。如此一來，自己心中討厭的黑暗層面就會逐漸滋生。搞不好，我就會抱著淺薄的修養終老一生。因為我原本也算是個好脾氣的人，可以的話，我也希望能培養那種氣質，而不是黑暗的部分。」

「莫非，這就是你節衣縮食努力存錢的理由？」

「還說不上那種程度吧。只是去做已經決定和能力所及的事情而已。如果不做任何改變就這樣下去的話，我總有一天會接手那家店。到時候就沒有辦法從那種狀況中抽身了。」

岩倉君說道。

讀那所大學非常花錢。

至於我的情況，由於自己正巧出生在雙親工作繁忙的時期，所以被送進了那裡的幼稚園，而後只是一路直升上去而已。

我是隔壁鎮上一家還算知名的洋食屋店家的女兒。簡單來說，這是一家旅遊指南上面必定會介紹，適合闔家外出打牙祭、或者單身上班族想要慰勞自己一下在外面吃個晚餐再回家，可是並不打算奢侈到吃法國菜的程度，諸如此類狀況時會去光顧的餐廳。

由於我希望日後能夠接手這家由祖父母那一代經營至今的餐廳，學歷什麼的其實馬馬虎虎也無所謂，只要能夠為家業投入心力就好。說是投入心力，也不過是維持原樣而已，連菜單都完全沒有變動，蛋包飯、法式多蜜醬汁、或者燉飯等等的作法都已經扎扎實實地學會，剩下就只有找時間去取得廚師執照而已。

我的哥哥不願繼承家業，高中時就離家獨立。如今，他在一家廣告代理公司任職，做得相當起勁。

那種「說不出個所以然可是不願繼承家業」的感覺令我憶起哥哥過去那熟悉的模樣，或許這也是我之所以會和岩倉君走得比較近的理由之一。

以前經常在夜裡聽哥哥吐苦水。

就好的方面來說，哥哥的好奇心旺盛，經常交際應酬，不是可以日復一日重複既定事項，在固定的時間以相同方式行動那種類型的人。時時追求刺激，最喜歡新奇的事物。會認為這樣的哥哥適合繼承家業，在我看來應該是父母的偏見。

「哥哥不可能接手洋食屋啦，還是交給我吧。」

我總是這麼說。

夜半在房間裡，哥哥總是苦笑，並且用「可是，畢竟我的手比較巧」、「我的體力比較好」、或者「畢竟父母是希望由我來繼承啊」諸如此類的說詞試圖說服他自己。

一旦自己的位置被別人占據就會感到不安，哥哥也屬於這種類型。

時至今日，哥哥跟家裡的關係是偶爾會回來玩，吃個飯就回去。因為還沒有定下來的打算，短時間之內應該不可能結婚，於是回來繼承餐廳的要素就漸漸變得一個也不剩了。

雙親似乎也做過種種考量，對於表態想要繼承的我，下了諸如「這樣也許太勉強了吧」或者「反正也不可能要求妹妹變成像她哥哥那樣，也許就讓她多見識一下世面好了」之類的結論。這種發展，可能是他們心裡認為理應繼承家業的哥哥擺明了沒有那個意願而大受打擊的緣故。

為慎重起見，雙親也不願萬一我到時候改變心意還要強迫我接手家業，所以讓我一路讀到了大學以便有時間可以考慮，有這樣的感覺。

不過呢，我並沒有改變心意，所以一路讀到大學，到頭來單純只是充實人生而已。

由於對我來說，與勞動的父親和母親一同走過歲月是極其自然的事情，由於我認為，守著父母，看他們有朝一日接替已經過世的祖母以及有如店裡的招牌、仍然會忍不住到店裡幫忙招呼熟客的爺爺的位置，是人生中最確切而重要的一件事，所以我完全無法體會對此感到厭煩而離家的哥哥，究竟是什麼樣的心情。

從小，我就是個過於認真的孩子，最喜歡的就是持續去做某件事情。至今仍然還在練書法，珠算也是最近心算已經頗有把握才擱下，還有就是十年前開始學陶藝一直到今天。與三名兒時玩伴固定同去岩手某家溫泉旅館，也成了最近這八年來從未間斷的例行活動。

所以，岩倉君拒絕接手這麼一家味道好、條件佳，狀況非常棒的瑞士捲蛋糕店的心情，我也不明白。如果有其他打算還另當別論，可是又沒有，那究竟把目標放在何方，我完全無法理解。

由鮮少詳細說明事情或是自己內心世界的他的說法聽來，似乎純粹只是愛做夢而抗拒自己必須面對的情況而已。

可是，同樣身為長期經營餐飲業家庭的子女，我一直覺得跟他想法相近，很談得來。

明知這並非什麼大不了的責任，可是我們有個共同點，就是一副慣於背負某種責任的模樣。

到了約定的火鍋日，我買了材料，首度造訪岩倉君住的公寓。

那棟建築物位於岩倉君的伯父所擁有的土地上，已經決定要拆除，所以在那之前願意以每個月五千圓的房租出租，於是就住下了……雖然之前已經聽說過這件事，可是建築物的狀況卻是超乎想像的嚇人。

破破爛爛，窗玻璃也破了，木造、外面的樓梯毀損，走廊也多有腐朽。

「怎麼這樣啊？太可怕了，你竟然一個人住在這種地方。真的是太可怕了。」

我覺得渾身無力，心裡這麼想。

屋子的狀況實在太糟糕，來到現場看過就可以理解，也難怪這裡沒有其他人居住。

他之所以會有那種獨特的、透明的陰鬱，寂寥的感覺以及沉重的理由，這下子我似乎懂了。

我裹好圍巾，在冬天冷冽的空氣中，仰望陰霾的天空，嚥下一口唾液。不知怎地，只覺得踏進去之後就無法再以原本的自己出來了。

來到二樓位於邊角的房間，岩倉君打開老舊的拉門相迎。

「這地方可真嚇人哪。」

「就是啊，不過，這間房間以前是房東住的，很寬敞噢。」

他笑了。

這倒是真的。與寒酸的拉門給人的印象相反，屋裡的隔間竟然有兩房一廳。有客廳，裡面還有五坪大的和室。浴室和廁所是獨立的，挑高也很高。透過窗戶可以看到外面的公園，傳來傍晚正點報時的音樂聲。

撇開其他房間都一片漆黑而顯得荒涼這部分不看的話，此處不失為一處舒適而明亮的空間，頗令人意外。
「有鍋子嗎？」
我問道。
「嗯，有啊。也有卡式瓦斯爐喔。」
「我準備了雞肉丸子、白菜，還有粉絲，打算弄個簡單的火鍋。最後再煮個烏龍麵，可以嗎？」
「太好啦。」
岩倉君笑了。
「其實在西餐方面我拿手得多，就算閉著眼睛都可以做。」
「我想也是。仔細想想，也許我應該點西餐才對。不過，我還是想吃火鍋。」
「如果來這裡還煮自己家裡賣的那些東西，我也覺得無聊。」
我來到廚房忙著料理火鍋，熱氣在屋裡瀰漫開來，岩倉君則在看書聽音樂。
天色逐漸暗下，偶爾打開一下老舊的玻璃窗換氣，颼颼的冷風便會趁隙而入在屋裡打轉。

我們邊看電視邊用火鍋填飽了肚子。

時間以極其尋常的方式流過，並沒有提及有關愛的話題。

由於職業習慣（雖然尚未正式入行）使然，我在烹飪時就一面將需要清洗的東西大多洗好，之後的收拾工作便相當輕鬆，而且幾乎都由岩倉君包辦。而後我們喝了他泡的咖啡，吃著據說是從他老家拿來的瑞士捲，一面烘著被爐的時候，我脫口這麼說。

「不知怎地，這間屋子，給我一種很奇妙的感覺。很安詳，感覺時間好像停止了。因為這個緣故，再加上非常安靜，有一種可以讓人心情平靜下來的氣氛。要是經常待在這種地方，很可能會變得沒辦法幹勁十足出門去打工吧。如果是我，搞不好會變得只想待在這裡什麼事情也不做。」

岩倉君點點頭。

「真的是會這樣噢，只要待在這裡，心情就會變得格外平靜，自然就覺得時間停止了。而且，我總覺得，這裡似乎還住著其他人。」

「這棟建築物裡，還有其他人？」

我嚇了一跳反問他，因為想到是否住著流浪漢還是什麼人，不免心裡發毛。

「不，不是。應該說……是房東他們吧。」

「房東還在喔？」

「該怎麼說呢？這件事情其實很難解釋，已經過世了，可是他們自己好像並沒有察覺似的。」

「什麼？」

「房東夫婦，兩個人烤著火盆打起盹來，就在這個房間裡，不幸因為一氧化碳中毒身亡。唉，兩位都已經相當高壽了。」

「在這裡？」

「聽說是這樣……」

「你是不是想藉此嚇唬我，然後趁機占便宜吃豆腐？」

「如果是就好了，不過我是說真的。因為有時候我還會在這屋裡見到他們兩位。」

我一時不知如何回話，於是反問道：

「岩倉君，你有可以看到那種東西的體質嗎？」

「沒有，看不到，完全看不到。即使自己一個人外出旅行在墳地露宿都不曾撞見過。」

「既然如此，為什麼這麼說？」

「或許是待在家裡的時候精神放鬆，整個人愣愣的緣故吧。要不就是因為打工筋疲力竭，總而言之，好像在我快睡著或剛睡醒的時候，或者拖著疲憊的身子回到家喝茶的時候，兩個世界偶爾會交錯，讓我得以看見至今仍然如同過去一般生活的那兩位。」

「是不是去神社祭拜除厄什麼的比較好？」

「可是妳不也知道，這裡再過不久也要拆除了。所以，我認為呢，就等到那時候再說吧。」

岩倉君說道。

「因為我總覺得，他們的生活看來非常幸福。」

這就是他善解人意之處。似乎就連對幽靈都很體貼。

「嗯哼。」

半信半疑的我如此回應。搞不好他是因為煩惱未來，加上打工太過辛苦，以至於精神狀況不太正常，我看，還是暫時先仔細觀察他的言行舉止吧。

相形之下，我們倆這麼面對面烤著被爐，一口接一口吃著蛋糕，一邊淡淡聊著這種事情，彷彿像是一對老夫婦，感覺反倒比較不正常。

回去的時候，順便要去購物的他推著輕型機車，一路送我到公寓門口。

「小節，妳為什麼要搬出來一個人住呢？妳家明明就在下一站不是嗎？」

他問道。

繁星滿天的夜，一彎如冰的新月如鉤。彷彿從天上割下一塊似的，看起來白白的。

「我媽因為興趣開設了烹飪班，自那之後在家裡出入的人越來越多，後來我的房間也沒了。這裡感覺只不過是間個人房而已。而且我也經常回去。常常會回去吃個飯，睡覺的時候再回來。也常常回去店裡幫忙。」

「聽來真不錯，感覺好像已經上了軌道。哪像我現在，還沒找到方向。」

「只不過與家人之間的距離感還是得多留心。畢竟，如果不留心的話，就都沒有隱私了，最後就會變得沒有一個成年人應該擁有的，自己的時間了。所以，我才會特意搬出來一個人生活，自己一個人出門旅行。」

「果然是這個樣子啊。我可能也是因為這種事情而感覺疲憊吧。父母親出門旅遊、購物的時候充當司機，幫親戚搬家……因為這些事情看起來都是人生中理所當然的一部分。可是我並不是討厭這些，也不是沒有意願成為糕餅師傅。」

「還有很長的時間嘛，幹嘛不存些錢之後先工作看看或者出國留學呢？尤其是男生，像這樣一直當個乖孩子，不但會心不甘情不願，人也會變得目光短淺。」

「真的是這樣。在父母眼裡，我永遠都只是個小孩子，可是我畢竟還有我自己的人生啊。」

「謝謝你送我回來。」

「今天白吃妳一頓，真是不好意思。」

「別客氣了，瑞士捲很好吃噢。」

他揮揮手跨上輕型機車離去。看起來價格不菲的輕型機車，雖然已經有些年分，可是保養得很好。不論怎麼樣，好像都隱約可以看出他出身富裕家庭嘛，我心裡想。

在理直氣壯享有這種既得利益的情況下離家而自己存錢是一項極度困難的課題，難怪他的模樣和心情會變得暗澹，這一點我也不是不明白。

於是，那一夜完完全全就如同往常一樣無事結束，自己的心湖也絲毫未起波瀾，所以我在心底將此約會做了明確的定義：「這個樣子根本不算談戀愛，只是朋友。」

「媽媽，妳知道隔壁鎮那棟老公寓的事情嗎？聽說房東因為一氧化碳中毒死亡。」

我向母親打聽看看。

「曾經聽過噢。好像還上了新聞。是不是門窗緊閉烤著火盆，結果睡著了？」

「沒錯沒錯。媽媽是不是知道什麼有關他們的事情呢？」

我覺得母親長久居住在此，搞不好知道些什麼，所以才會試著這麼問。

打烊，收拾整理之後，我們倆坐在店裡的櫃台前吃了自家的蟹肉燉飯。而味噌湯的口味是直接傳自祖母。即使我被說成是為了將這種味噌湯的味道傳給後世才會出生，我也完全不會生氣。就是這樣美味、彷彿具有魔法般魅力的味噌湯。

基本上，祖母就連味噌都自己製作。

「那一對夫妻啊，經常來光顧噢。只不過自從先生不良於行之後，他們就難得再上門了。在非週末假日的晚上，客人比較少的時段，兩個人牽著手過來。每次過來都固定坐在那邊，六號桌，點蛋包飯還有豬肉咖哩。還有就是會請我們提供空盤，因為他們想要互相分著吃。」

「啊，聽妳這麼一說畫面就浮現出來了。那兩位的事情，我也想起來啦。」

「還有，他們兩位會點一瓶啤酒，只點小瓶的而已。很可愛的老爺爺老奶奶，該怎麼說呢？生活恬靜，簡樸，可是兩人有他們自己小小的原則，那是經年累月所形成的，給人一種感覺，好像只要持續遵循那些原則就能過日子似的。雖然並不會特別快樂，可是讓人看在眼裡就覺得安心，會覺得非常幸福。我經常跟妳老爸說，長壽就是要能夠像那樣才好啊。而且，說來可能有些不敬，我還講過，如果能夠兩個人一同在睡夢中一下子就離世，似乎也挺不錯的。」

母親說。

父親和母親，是一對非常恩愛的夫妻。

父親原本是個勤勉的上班族，來店裡用餐幾次之後對母親發生好感，於是辭去工作開始學習烹飪，進而攜手經營這家店，過程頗為特殊。不論母親說什麼，他都唯唯諾諾點頭稱是。對於烹飪班也一樣，雖然我原本反對，但因為是母親的心願也隨即就讓步了。

「拜託拜託，可千萬別像那個樣子兩個人一睡不起啊。」

我說。

「可是一想到即使那樣我們的店也還會維持下去就覺得放心噢。」

母親笑了。

在我小時候，這句話是經常對著哥哥說的。

母親只是輕鬆地隨口這麼說而已，絲毫沒有別的意思，可是這卻在哥哥心裡日漸累積。對哥哥而言，聽到這種話是一種沉重而痛苦的負擔。

至於我，則一直很羨慕背負期待的哥哥。

我想要繼承家業的念頭，如果仔細審視，或許只是出自極其微小的理由，純粹只是意氣用事而已。或許只是因為實在不明白，哥哥站在如此有利的立場，為什麼還迭有怨言，這種想法不知不覺在我的心中發酵成為巨大的思緒團塊，如此而已。

可是，祖母過世的時候，我這麼想。

葬禮中，以前年輕時品嚐過祖母各式菜餚、曾經找祖母求教商談的諸多中年人穿著全套黑西裝來到，聊起過去的種種，例如在店裡約會、失戀時祖母請吃炸蝦等等許多往事，而後才告辭離去。

實在是了不起啊，竟然可以這樣成為他人人生的實際背景的一部分，我不禁為之感動。

店裡的設備，由於每天使用、每天擦拭而呈現深沉的色澤。就如同這樣，應該只是每天來到店裡烹煮一成不變的菜飯的祖母，她的人生似乎也非常有深度。

這個世界上大概沒有任何事物比那更有價值了吧，我不禁深受感動。

那天之後的日子依舊一成不變，岩倉君辛勤打工，我則唸書、回店裡幫忙、以及學習技藝。

店裡如今已經開始使用我燒製的盤子盛裝蛋包飯，所以我仍然繼續努力學習陶藝這一項非常實用的技藝。此外，由於店裡的菜單也是我親手寫就，書法這一項自然也不能荒廢。我這種對於任何事情都認真過頭的性格，事事都要努力達到可以實際應用的境界才肯罷休。這或許已經可以算是一種毛病，是天性的一部分，沒辦法改變。在某層意義上是由於出路已經訂定，所以才能夠如此將心力投入在其他各種事物上。學問實在是缺乏實用性，太無聊了。

至於偶爾會遇見的岩倉君，總覺得他看起來很單薄。或許部分原因在於脫離大家族，一個人獨自生活的緣故吧。再者就是，課餘時間全都用以打工，難免會疲憊吧。即使看起來堅強，畢竟還只是個大學生，我有這樣的感覺。

可是，我總懷疑，這搞不好跟住在那「幽靈之家的幽靈之屋」脫不了干係。

我認為，幽靈應該也擁有幽靈的時間吧。那肯定是以一種永遠超越時光之流，不可思議的方式流動著，我不免有點擔心，即便只是稍稍涉入其中，是否就會耗損我們類似生命能源的力量？

搞不好，在那段時間，雖然自己並不那麼認為，我就已經相當喜歡岩倉君了。

當時我與陶藝班一個年長的學員分手正好半年。那可以算是一場轟轟烈烈的戀愛，由於對方是黃金單身漢，被迷得暈頭轉向的我甚至考慮到終身大事。雖然最後由於種種因素而分手，可是我仍然無法忘掉對方。那個人後來娶了公司一個女同事，婚後也不再去陶藝班上課，所以我們不曾再碰面。

那個女人之前慘遭丈夫家暴，跑去找我的前男友商談，起初他是因為不能置之不理，可是後來卻漸漸被那個女人吸引。

唯一的優點就只有年輕的我，完全沒有阻止這種事情發展的能力，只能悲傷地看著他們倆互相吸引，越走越近。

某天店裡沒客人的時候，我跟岩倉君約略提及此事。雖然是半開玩笑講出來的，岩倉君卻如此回應。

「遇到這種情況就把持不住，這種男人以後還會不斷再犯的啦，我覺得分手是件好事。」

以這個年齡的男生來說，這算是相當適切的意見，我只是姑且聽之而已。

可是說老實話，這句話直到後來都還持續給予為痛苦戀情所傷的我帶來力量。一來之後我自然並未就此事繼續談下去，再說對方也已經結婚不會再見面，即使想要挽回也沒辦法，我後來便全部忘卻，唯獨岩倉君當時邊擦拭玻璃杯邊這麼說，那安詳的低鼻樑側臉，仍然在我心裡留有印象。

那天下午，我在車站巧遇岩倉君。

「最近好嗎？」

我笑著問。

「小節，我照妳所說的去做了。」
岩倉君莫名其妙冒出這麼一句。
「哎，現在有空嗎？陪我邊走邊聊。」
「嗯，可以呀。反正我正好也準備回家。」
我說道。
「岩倉君，還要去打工？」
「今天不必了，不過明天得早上六點鐘起床。」
岩倉君說道。不知是否心理作用，覺得他的臉色比往常好，顯得比較有活力。
「最近還會遇見幽靈嗎？」
我試著詢問。
「嗯，偶爾還是會。看到老奶奶泡茶或是折衣服。老爺爺呢，則是經常做體操。」

「特意離開了家，結果又多了這樣的家人，好像不算是一個人住喔。」

「已經習慣了，並沒有什麼特別的感覺。碰巧遇到的時候，就好像見到熟人問好一樣。只不過人家並不認識我就是了。」

我們倆走在午後鮮少人影的冬日街頭。

車輛反射著寒磣的光線來來往往，一路的梧桐行道樹都呈現枯黃的顏色。

「剛才說什麼？照我說的去做了什麼？」

我問道。

「留學。可是，也是因為自己感興趣，所以我決定去法國，讀製作糕點的學校。」

「這麼說來，是為了繼承家業的進修課程嘛！」

「我發現，自己好像不願當一個沒去過法國，卻在烘焙蛋糕的人。」

「啊，我可以理解。如果家裡開的是義大利餐館的話，我大概也會那麼做。幸好賣的只是符合日本人口味的西餐，不必講究到那種地步。」

「因為我並不想去改變老爸奠定下來的瑞士捲傳統，另一方面，對於自己為什麼會如此拘泥於這件事，我也想了很多。所以，進修之後搞不好就留在那邊工作，不回來了，不過這也只是一種可能，還沒法多說什麼。可是，現在我想要這麼做的意願非常強烈。畢竟我並不討厭學習手藝，也不討厭甜食。而且我個人以為，餐後甜點是帶有夢幻的氛圍，能夠讓人感到幸福。起初試著尋找在日本的學校，可是找著找著，我越來越想要到那邊去。」

「跟父母表明了嗎？」

「說了。他們堅決反對。」

「那你打算怎麼辦？」

「反正過去那邊的學校就讀，然後找份工作、租間便宜的公寓住下來，這部分的錢我已經有所準備。另外還有從小到大的儲蓄。不過，那是父母幫我存的，可以的話我儘可能不去碰。」

「真了不起啊，岩倉君，你還真會存錢。」

「是啊，我沒怎麼用，幾乎全存起來了。」

岩倉君說道。

怎麼會這樣，最後還是不免分離嗎？一想到這裡，我就覺得心頭一揪，一種奇怪的寂寞感籠罩住我。抬頭仰望，天空顯得高遠而悲涼。他一定會去留學，發掘自己的世界，並且長期在當地生活，然後不再回來了，我心裡想。

自那時候起，我便已經察覺。雖然只是隱隱約約，但我已經察覺岩倉君想要跟我上床。他的神情，他的聲音，都令我不禁這麼認為。在我們倆之間，互相靠近的感覺就如同麵包的麵團般發酵，沉穩地膨脹、擴張。

「小節，我真想吃妳做的蛋包飯。」

岩倉君說。

「我到現在都還在後悔，那天竟然決定吃火鍋，雖然也很好吃。」

「只要來我家店裡隨時都可以吃到嘛，雖說是我爸我媽做的，反正味道幾乎一樣。何況我的手藝還不夠穩定。」

「反正離畢業還有一段時間吶。」

岩倉君笑了。

「……要不要現在就去做？」

我說道。

「材料費要你出喔。」

「可以嗎？」

「那當然。」

我想，我們倆心裡都明白，這段對話就和「可以跟妳上床嗎？」「好啊。」沒有兩樣。在一股淡淡的哀愁之中。

冬季陰霾的天空為何這麼討厭呢？雲的厚度、灰色的天空、還有那到處亂颳的風，在在都是為了肌膚相親而設定，除此之外不作他想。在無垠的灰色之中，讓人想一直待在屋裡。想待在屋裡，一直與某人沉溺在無盡的肉慾之中，除了那裡沒有他處可以讓自己放鬆，有這樣的感覺。

去超級市場買了材料，我再次踏進那破破爛爛建築物中那間理應令人害怕的房間。

可是，我絲毫沒有恐懼感。不知怎地，房間看起來好像越來越薄，好像快變得透明似的。空氣寂寥澄澈，窗外依然可見無盡延伸，重重疊疊厚雲的顏色。

一邊談天說地，我一邊烹調蛋包飯，其間不時因為瓦斯暖爐的熱力而打開窗戶透透氣。必須使用醬汁的菜餚非得在家裡做才會好吃，蛋包飯的味道則可以達到與店裡相同的水準。除此之外我還附贈一道牡蠣味噌湯。

雖然對我而言是已經遠遠超過「膩」的境界，司空見慣了的食物，岩倉君卻非常捧場，連我剩下的份也都一掃而空。

岩倉君每次如廁我都會膽戰心驚，不知道幽靈若是在此時出現的話該如何是好，所幸房間裡只有我一個，再來就是瓦斯暖爐如同壁爐般泛著亮晃晃的橘紅色光而已。

而後到了晚上八點，我們倆吃著夾了大量鮮奶油，表皮帶有少許硬焦痕的鬆軟瑞士捲，烘著被爐繼續閒聊。

「為什麼你這裡隨時都有瑞士捲呢？」

「我媽帶來的。還有米。」

「在全年都能夠販售這一點上面我家也一樣。再說，即使流行的熱潮退去，瑞士捲受歡迎的程度還是沒有下降。」

「而且口味還能夠隨季節變換。還有就是大家比較負擔得起，很適合當伴手禮。畢竟日本人還真的滿喜歡瑞士捲的。」

「現在有哪些口味？」

「栗子、抹茶，還有酸橙。」

「酸橙喔，這好像有點怪。」

和這個人如此這般隨意聊著的時候，有種獨特的放鬆感，該怎麼形容才好呢，不是如同家人一般，也說不上快樂。只不過，有合適話題的時候，可以一直聊。也可以沉默不語。也不會讓我像和尋常異性相處時那樣，擔心自己是否脫妝或者頭髮亂翹。

「好像差不多該告辭了。」

我說道。

「雖然覺得有些遺憾，沒有看到幽靈。」

「如果想看的話可以住下來。」

岩倉君說道。

我有點意外。呃，只有一點點啦。

「我並不想看幽靈，可是我想問清楚。剛才說可以住下來是怎麼回事？請你解釋一下。」

我說道。

「唔。」

岩倉君一臉認真陷入沉思。而後開口了。

「或許是因為去酒吧那種地方打工，不知不覺就把這種話不當一回事了。」

「什麼跟什麼啊。」

我的心情自然大受影響。

「雖然我知道你並不是那個意思，可是其他還有很多說法不是？哪怕是『我喜歡妳』或者『硬要說的話，我覺得妳還不錯』都可以啊。」

「硬要說的話，不論外貌或是個性，在所有認識的女孩子裡面，我最喜歡的就是妳。」

岩倉君說道。既然他這麼說，應該就是真的吧，想到這裡我不禁有些難過。

「總之，我是在酒吧那種地方打工，看到回家前去喝個小酒的年輕人都以『要不要到我那裡過夜？』權充打招呼，所以漸漸就對這種事情習以為常了，不知道是否因為這樣，自己心中明確的感情反而消失無蹤。」

「這我好像可以理解。」

「再說，一個女孩子，像這樣和異性共處一室，應該也會用全身來想像整體的氣氛吧。我覺得啦。」

「這不是誰都一樣嘛。」

「可是男生呢，眼裡卻只有小穴而已。不論化妝多麼美麗，不論穿著什麼樣的衣服，不論聊著多麼普通的話題，腦袋裡想的就只有『對方的隱密處也有小穴啊，那濕濡的、發浪的小穴』而已，眼裡也只看得到那一點而已。一旦開始那麼想，滿腦袋裡就只有那件事而已。」

「哦。」

「所以，我剛才也一直只想著小穴的事情而已。小節，每次妳笑或者說話的時候，我都會想：『可是妳身上有那個小穴。』」

「聽到這種話，我是應該高興，還是難過呢？」

「所以，一想到有，想做的念頭就怎麼也停不下來，可是，我不久之後就要離開日本，又不想留下悲傷。」

「是呀，到時候確實會悲傷吧。即便當下只是依照慾望而行動，也難免會吧。因為，如果做了的話我一定會有所眷戀。」

「我也會有這種狀況。如果做了的話，好像就會變得越來越喜歡。」
「不過，再怎麼說也只是一段時期。」
「就是啊。」
「那這樣吧，我們就劃一條線，彼此享受對方如何？」
我說道。
「反正現在的狀況也沒辦法去思考以後的事情。不過，我現在正好是孤家寡人，而且這裡的確也有小穴。」
「可以嗎？」
「不要問可不可以啊。別推到我身上。」
第一次遇到用這麼奇怪的方式追問的人，我心裡想。岩倉君還真是有意思哪，我不禁感慨。
於是當晚我在岩倉君那裡過夜。

原以為只會有粗糙的薄棉被，但少爺就是少爺，他的壁櫥裡有或許舊了些卻很氣派的床墊、高級的羽毛被，以及乾淨的床單。

外面吹著冬風，窗戶喀噠喀噠晃動著。

亮著一盞小燈，我們倆在那天夜裡，做了一次愛。從頭到尾保持靜默的，非常情色的性愛。

我以前只有過另外一個男人，可是岩倉君慎重周到的技巧，徹底改變了我的感官。他謹慎周到地檢查我的身體，感覺像是在調查哪個部位該以何種方式處理比較好似的。他一方面克制自己的興奮衝動，一方面又極盡挑逗，讓我第一次當著男方的面達到高潮。仔細確認過這一點，適當的停頓之後，他進入我的體內。那一瞬間實在奇特。我們倆同時恍然大悟，彷彿此時才初次體驗性愛是怎麼回事。過去的經驗算什麼啊，我們彼此都知道對方心裡這麼認為。充分堅挺、滑溜的部位，進入了充分濡濕、緊閉的部位，讓人覺得世界上不可能會有比這更完美的組合了。而這行為，就是為了確認這無與倫比的組合之妙，為了確認這天衣無縫的美好而存在，我心裡這麼想。無一處會痛，無一處不契合，彼此都產生美好的感受，在正期待能夠永遠持續下去的時候結束，而後又再度開始，是這樣的一種組合。這就是恍然大悟的瞬間。

而後我們倆裹著溫暖的羽毛被相擁而眠。

「或許我之前想做的，就是像這個樣子緊緊抱著一個人入睡，比吃火鍋更想。」

睡覺前岩倉君這麼說。

「明明就有家可以回去，明明就享有愛，卻還是覺得寂寞，或許所謂青春就是這麼一回事吧。」

我回答。如果是這樣，我也有切身的體驗。

醒來時，起得太晚的岩倉君正匆匆更衣還有刷牙洗臉，而後便先行出門。他離開的時候幫我鎖門，鑰匙放在信箱，說完便啪噠啪噠跑了。

「出發之前，無論如何我都想再見妳一次。」

說完便親了還穿著單衣窩在棉被裡的我一下。

我舒服地裹著羽毛被，彷彿沉醉在自己的體溫中一般心蕩神馳，望著今天也很可能會下雪的灰色天空，隨即迷迷糊糊睡去。

再次醒來，心裡覺得很悶，自己一個人，可是又很滿足，時間是上午八點。如果繼續待下去，一旦讓身體適應了岩倉君的空間，就會變得越來越悶，想到這裡我下定決心起床。得回到自己的世界，開始日常生活才行。

首先打開暖爐，讓房間裡暖和起來。正當我望著爐火發呆的時候，突然覺得流理台方向有什麼物體在動。

「對喔，竟然完全忘了幽靈這件事。」

我喃喃自語。

定睛細看，流理台那裡有老婆婆的背影。以慢條斯理的步調，正在燒開水泡茶。並不是真的茶壺在移動，實際燒著開水。只是半透明的老婆婆緩緩做著那樣的動作而已。一如往常的動作，一如往常的步驟，小心謹慎地。而那很可能是從老婆婆的媽媽或者祖母一直延續下來的，溫暖而令人安心的做事方法吧。

我回憶自己的祖母像這樣在廚房做事的模樣，用彷彿回到孩提時代似的心情目不轉睛望著。我感冒發燒的時候，總是會這樣望著祖母的背影。隨後，我甚至覺得老婆婆好像會煮好稀飯，為我送過來。令人懷念，感傷，卻又溫暖的心情。

另外，在另一頭的房間裡，老爺爺正在做廣播體操。穿著五分衛生褲，一邊緩緩伸直彎曲的腿或是腰，非常認真地做著每一節體操動作。想必是認為這個樣子可以永保健康吧。可是他大概怎麼也沒有想到，盲點竟然會是火盆。

夫妻倆過著簡樸的生活，遇見住戶必定會打招呼，按時收房租並且記帳，每個月一次上固定的餐館點固定的餐，這就是兩人小小的奢侈了吧。

什麼嘛，根本就一點也不可怕，我看著的時候心裡這麼想。

想必這兩位完全沒有意識到死亡，只是像過去那般繼續過日子，直到永遠。

在這裡裹著棉被，想著總是靜靜陪伴這兩位只在一旁看著不去打擾的岩倉君，他的體貼，他那看似冰冷實則無比溫柔的心，我不禁被深深吸引。看來是真的愛上他了。事實上，我還在回味他的體溫。即使如此軟弱、傻氣又溫順，但他仍舊不折不扣是個男生，能夠以男性的力量擁有女性。

老婆婆持續在廚房處理細瑣小事，老爺爺則一直在做體操。他們倆都還維持著那曾經在店裡見過，恩愛而安詳的模樣。

為避免破壞這情景，我躡手躡腳換好衣服，悄悄離開。

「打擾了。」臨行前我規規矩矩打了聲招呼。

可是，他們只是繼續自己的平靜生活，絲毫沒有瞧我一眼。

岩倉君首先找到熟識的法國友人幾乎是義務性地教授他法語，等到有點程度可以開口說之後再動身前往巴黎郊外的點心學校，日子過得緊湊而忙碌。我偶爾在學校跟他相遇也只是揮揮手而已。就這樣，轉眼之間他啟程的日子已將近。

我下意識地保持一段距離避著他。

唯獨還一直記得「再見一次面」（只不過正確說應該是「再做一次」才對）這件事。當然我也有意那麼做。我覺得對方也一樣。

可是我並沒有主動打電話，也沒有寄電子郵件。

因為我心裡以為，應該會出現適合的時機吧。

於是就在距離他啟程兩個禮拜前的那個星期五上午，又是陰霾潮溼、颳著強風的時候，我們在站前廣場巧遇。

彼此都穿著外套，令人覺得已經從一同打工的夏天來到了非常遙遠的地方。

「我今天打算不去語言學校了。再說還得準備搬家。」

岩倉君看著我的眼神，是戀愛中的人的眼神。熱切，彷彿隨時都要撲上來似的眼神。並非顯得貪婪，而是男人看著重要事物時的眼神。

「我也是，不必上班。」

我說道。

「不過我想先去書店一趟。」

於是兩人同往書店，又一起吃了午餐。

「再過不久，那棟建築就要拆掉了。我搬離之後，大概就快了。」

「不知道他們會怎麼樣，有些擔心。」
「看到了嗎？」
「看到啦，看到他們過著簡樸的生活。好像經常到我家店裡光顧，所以認得他們的模樣。老婆婆在泡茶，老爺爺則在做體操。」
「怎麼樣？一點也不可怕吧。」
「嗯，感覺心情都平靜下來。」
「是不是該為他們上個香呢？」
「嗯，雖然我們並不是專家，可是我也覺得這麼做比較好。」
我們如同一對老夫妻，去買了一株白菊，以及線香。接著我突然想到。
「如果再準備蛋包飯和豬肉咖哩當作供品，應該也不錯吧。我覺得他們一定會想吃的。」
岩倉君也表示完全贊同。於是我們轉往超市採購食材。
冬日的下午，採購了種種物品、手提許多白色袋子，完全居家打扮一派隨便的模樣緊挨著走在一起，在旁人的眼中看來，一定會覺得是新婚夫婦或者同居的愛侶吧。可惜我們只是有點悲傷的，即將分離的兩個人而已。

無論做什麼事情都非常快樂，卻又帶著一絲感傷。

岩倉君的房間已經變得空蕩蕩，各式物品都已經打包，幾乎可說是毫無長物了。他告訴我，將會以擔任保姆作為交換條件，借住在一個熟識的友人家中。說是他的父親幫忙跟那熟識的友人打了聲招呼。

「這麼說來，家裡已經不再反對囉？」

「可是只限於我爸，我媽仍然不贊成。大概是知道我可能會一去不回吧。因為我也不想說謊，並沒有做出自己會回來的保證。即使到那邊去，等到存夠了錢，我很可能也會搬出寄宿家庭到外面獨自生活。」

他的臉上滿是迎向未來的朝氣。與尚未決定出路仍在打工的時候不同，那是一張望著未知世界的臉。若是有這份認真，應該會讀出好成績吧，我心裡想。既不會忌妒，也不會覺得難過，而是替他高興。與其看著他變得疲憊而無神，我情願這樣，自己的心情也跟著好了許多。

回到屋裡，我們倆立刻又鑽進羽毛被窩裡做了一次愛，連電燈都沒關。事後就這麼裸著身體閒談，好比對於未來的計畫啦，父母的情況啦，互相傾訴這些年輕人會有的小小心事。

即使如此，感傷卻一直如影隨形。不論做些什麼，只要一想到「即將別離」而時間正不斷流逝，不禁就有種脊背發涼的感覺。快樂歡笑之後，心情必定會變得有些落寞。可是，當下是開心的，就把心緒都集中在當下。

到了傍晚時分肚子餓了，費了好些工夫從即將寄送的行李之中翻出平底鍋、菜刀、以及砧板，我開始烹調豬肉咖哩和蛋包飯。

遠較平日更為用心，專注，竭盡全力去做。因為這兩位，選擇了我家餐館的口味，作為增添最後那段日子情趣的娛樂。一想到是要作為供品，我就只能夠盡最大的努力去做。他們已經不可能再來店裡，即使要再請他們享用也辦不到了。可是，我希望他們能夠品嚐到我灌注在這些菜餚中的心意。感謝兩位過去的支持與愛護，謝謝兩位看中我們，這樣的心意而已。

雖說反正最後絕大部分都是我們自己食用，我還是仔細用小紙盤各盛了一些擱在窗邊，將菊花插在紙杯裡，燃了香，而後兩人一同合十誠心祝禱：「由於此處即將拆除，願二位能夠早登極樂。」我另外還開了一小瓶啤酒獻給他們。

如此一來，我認為自己所能做到的事情已經全都辦妥，不由得有種神清氣爽的感覺。

再說這也算是我份內的工作。是為了報答支持愛護我家餐館口味的人。

岩倉君開心地直誇好吃，將我做的東西一掃而空。

而後，在比較冷靜的感覺下，我們倆又做了一次愛。

「明明就越來越好了，卻即將分離，我實在是捨不得。」

岩倉君說道。我也有同感。

幽靈都沒有出現。想必是對這一餐很滿意吧。

由於留下來過夜不免會難過，雖然夜已深了，我還是決定回家，岩倉君特地陪我回去。

走在夜晚的道路上，聽著兩人的腳步聲，不禁有種神清氣爽的感覺。

「我會用電子郵件跟妳連絡的。」

「嗯，這些日子我很開心。謝謝你。」

說著，我們倆笑著相擁。岩倉君外套內蘊含的體溫，與我的體溫合而為一，非常溫暖。

「我們明明就這麼喜歡對方，可是卻要分開了。」

我說著抬起頭，看到岩倉君的眼中也泛著淚光。

「我們太乖了，沒辦法只是上床玩玩。」

「你不就是為了放棄當個乖孩子才離開日本的嗎？」

「嗯，可是在妳面前不行。已經全都給妳看過了。」

「有緣還會再見的。」

就這樣，我們道別了。

岩倉君在夜晚的路上目送我離去，在後面不停揮手。

或許是兩人都為對方的未來考慮，所以才會避免互相連絡吧，我這麼認為。岩倉君只來過一封電子郵件，除了近況之外，還寫了這麼一句。

「我在這邊完全沒有花邊新聞。」

那語氣，以及前言不搭後語的感覺，令我想起了他的一切，淚水不禁開始在眼眶中打轉。

岩倉君昔日總是顯得無所事事的剪影，曾經一同仰望的天空的顏色，手與手指的使用方式，忽然間又全都在腦海中湧現。

或許只要有哪一點不同的話，我們倆就得以順利交往，可是一想到今後連再見的機會都沒有，眼淚就停不下來。

有一回路過，發現那棟公寓已經完全拆除，正在興建氣派的公寓大樓。這樣子觀察城市的變化也算是我的工作，卻仍然覺得心痛。覺得我們倆的熱情，也全部隨著那對老夫婦一同埋葬了。

打從那裡經過的時候，我心裡祈禱著，希望那一切，都能夠成佛。

於是，隨著時間的流逝，一切都被遺忘了。

可是，在八年之後，我們倆結婚了。

這大概只能說是緣分了吧。

先說岩倉君。他在巴黎郊外一家餐館擔任點心師傅，工作了八年。想必在這段期間也經歷了種種戀愛事件嘗盡酸甜苦辣吧。

至於我，也談了場轟轟烈烈的戀愛，甚至考慮放棄繼承家業嫁給那個人，但是終究仍然以分手收場，再次回歸天職。雖說距離獨當一面的女主人這種感覺還差得遠，可是讓雙親休假去一趟溫泉之旅這種事情已經不成問題。

今年四月，岩倉君的母親因為心臟病發作去世。

我並沒有去參加葬禮。因為我認為一個與人家的兒子上過幾次床的女人到場，大概只會顯得尷尬。可是，我在心中表達了弔唁之意，同時浮現諸如「岩倉君是否回國了呢？」等等思緒，但是他的事情已經隨著時光的流逝轉化為純粹只是學生時代的美好回憶，而且日益淡薄，並沒有特別想要見上一面。

因為，有好幾個常客很喜歡我，雙親也四處幫忙留意，被視為店內西施的我處於可以隨心所欲挑選對象的狀態，而且一直對其中的一個人頗有好感。

再者，那個人正為了成為廚師而努力修習烹飪，對於未來的夢想也有妥善的規畫。體格好，是個體面的人，跟我爺爺很像，有一段時間我甚至曾經想像，啊，或許嫁給這個人也不錯。

可是，我和岩倉君，卻在這個時機點上再次巧遇。哎，雖然就在本地，其實也算不上什麼怪事，但畢竟我們倆都很忙碌，卻忽然出現一段空檔，就這麼遇見了。

當時我獨自在附近的喫茶店喝茶，他就這麼闖了進來。

怎麼來了這麼個穿著如此鮮豔的男人哪，我才剛這麼想，卻發現那人無疑就是岩倉君。

我們兩人先是都瞪大了眼睛，而後我一招手，他便來到對面坐下。

常年在國外生活，肌膚的質感好像有了一些改變哪，我心裡想。還有就是，由於製作點心的緣故，右手變得非常結實。肩膀遠較過去寬而強壯，臉頰似乎也變得瘦削。眼神也不再如同以往給人懵懂溫和之感，而是變得銳利，像是個體會過孤獨與自立的成年人。

親眼看到之後我才恍然大悟，啊，原來他是想要如此改變，如果待在日本的話，如願以償的機會恐怕永遠也不會到來，所以只能選擇出國吧。否則光是聽他說，我完全不明白他究竟想要做些什麼。

可是有一點並未改變，就是笑容依然單純而且燦爛。

「好久不見，已經完全一副大人模樣了啊。」

我說道。

「妳也變成大姐了嘛。」

岩倉君笑了。

這是灑滿初夏陽光的窗邊座位，而這家店又位於從車站出來的人會由此轉入巷弄之處，人們剛換上短袖的臂膀感覺相當耀眼。行道樹的綠意盎然，看起來彷佛就要伸入天際似的。

「我是回來繼承家業的。」

「果然。」

我說道。

就我所知，母親過世，店裡只剩父親一個人，依他的個性是不可能不回來接手的。

「見到母親了嗎？」

「嗯。從初次發病住院開始陪伴了一個月。除了每天都去醫院探視之外，出院後甚至還去了趟溫泉之旅。關於繼承家業的事情，一句話都沒有提。只要能夠度過一段美好的時光就已經足夠。之後我自然想了很多，多少也有些猶豫，可是事到如今再待在那邊的理由似乎也已經很薄弱。我在那邊工作的店正好擴大營業，進來許多後輩新人，才剛大致指導過一遍，我想應該不會有什麼問題吧。以時機來說，我覺得也正好。」

「你父親還好吧？」

「唉，變得越來越沒有精神。看了實在令人不忍。」

「那，店會變成什麼樣呢？是不是父親做瑞士捲，岩倉君做蛋糕？」

「這我也考慮過，可是原本就是以專賣店的形式打出了知名度，那種模式我考慮就只在聖誕節的時候才推出或者接受預約。最近我仔細觀察，才發現老爸也有他個人匠心獨運之處和高明的技術。所以，儘管已經非常努力學習了，可是瑞士捲，我無論如何也沒辦法烤得比老爸更好。」

「這樣繼承會不會有問題啊？」

「如果以嚴格的標準來評判味道，應該也不會有問題吧。不用說，我老爸是個專家。瑞士捲剛出爐的時候摸雖然不會燙，可是那熱騰騰的感覺，或者攪和的狀況每天都不同，但是判斷的依據並不是氣候也不是溫度，據說那已經不是可以口頭傳授的了。還有就是沙拉油，用量以及加入的時機都拿捏得非常巧妙。原本還認為老爸那種態度根本就是不曾前往當地學習的人大發謬論，可是到了那邊，在各個現場學習該店獨特做法遠比在學校所得更具參考價值，到頭來我才發現，這些其實是同一回事。或許我想做的就是將那種味道保留下來。我以自己另類的角度去觀察，想要確實掌握那些做法。既然已經專程去學了，我打算嘗試各種新的做法。老爸也很開心，要我教他一些新的東西。我們甚至還打算一同開發新式的蛋糕呢。如此一來，老爸的心可能也會湧現一些希望吧。」

「你母親不在了之後，店裡的生意是不是會受到影響啊？」

「嗯，是有影響。畢竟過去有相當大的營業額是靠老媽的社交手腕創造出來的。往後只有兩個大男人，所以得做些改變，以較為硬派的感覺來經營也不失為值得考慮的方法，或許得花一些時間就是了。其實，我們不論怎麼努力也沒辦法做到像老媽那個樣子。畢竟在待客方面她可說是個天才。而且，我在那邊工作的時候，也抱持尊敬前輩與傳統的態度去學習，所以著實學到了許多，也包括人際關係。或許不再跟老爸撒賴也是一大收穫吧。甚至還學會做法國菜。」

「拜託拜託，可別開一家法國餐館跟我們打對台啊。我們已經因為不景氣而感到頭痛啦。」

「不可能有那種火候的啦。小節，妳那邊應該沒什麼問題吧？」

「才怪，那些老客人對味道挑剔得要命。若是店裡只有我一個人，有時候還會明顯表現出一副失望的模樣。」

「沒什麼好擔心的啦。都已經那麼好吃了。」

聽到彼此互相喊著「岩倉君」、「小節」，心裡不禁覺得又酸又甜。

而且很不可思議地，在那個時候，時間的流動變得非常奇怪。

既不是時光倒流，也不是停止不動。

只是輕輕柔柔地展開，不斷地向外擴張而已。在光亮中，遼闊似乎直達天際，就這麼包圍住我們倆，將時間化為了永恆。

原以為這終究只是我個人的感受，沒想到後來問岩倉君，才知道他也居然也有相同的感覺。

那個時刻，我們倆之間自然絲毫沒有什麼性慾。

在那灑滿陽光的窗邊座位，喝著紅茶，任憑那溫柔的，暖和的黃色陽光包圍著我們倆。而且，這正是我所企求的，那光芒，令我乾枯的心感覺到「就是這個，一直欠缺的就是這個」。

與這種感覺最相似的，大概就是「祝福」一詞了吧。

感覺就好像，雖然長久以來一直四處尋找蒐集各種東西，到頭來才發現原來就是這個。

原本以為當時因為年輕，我們倆才會藉性愛來心連心，但事實並非如此，只是像這樣閒聊著，心底便開始湧現無法言喻的活力，進而認為，啊，就是這樣，這樣便已足夠。

這種念頭逐漸化為確信，我們倆只是滿臉笑意，非常滿足。這種時刻將會永遠持續下去，我們倆都如此認為。原來就是這個，過去一直認為缺少了什麼，一直覺得失去了什麼。雖然心裡某處知道那是什麼，可是從來不認為怎麼可能就是這個。過去一直覺得寂寞，原因就在於欠缺了這個。因為過於寂寞，甚至無法想到這一點，我的靈魂深處這麼說。

內部的光、外面美麗而透明的光線，以及我們倆之間亮起的光全部合而為一，照亮了未來。

交換過連絡方式之後過了一個禮拜，岩倉君來電。

「如果妳還是單身的話，我們結婚吧。」

由於我也有同樣的想法，不假思索便答應了。

「現在正好沒有對象，而且這裡也有小穴。」

岩倉君聞言在電話那頭哈哈大笑。

在雙方各自的店面都繼續經營下去的前提下，隨即開始討論結婚相關事宜。雙親起初大感驚訝，可是進而一想隨即舉雙手表示贊成。

有所改變的是，我聘請了一位專業的廚師（並非之前喜歡我的那一位廚師）當我的助手，自己的角色變得多少比較像是經營者，如此一來也可以兼顧家庭生活，還有就是決定在我家的店推出瑞士捲。

我以勤練不輟的書法功力在牆壁的菜單上面添了一道「當令瑞士捲」，在店裡供應瑞士捲，用自己燒製的盤子盛裝，厚厚的兩塊售價六百圓。

雖然自己漫長的人生之中有許許多多令人厭煩的事情，可是一再經歷之後我已經漸漸接受，那就是自己。

與原本的認知相較，那其實一點也不無聊。

「婚禮的時候我甚至還想連那對老夫婦也都邀請呢。」

岩倉君這麼說。

「啊，那對老夫婦。」

我立刻點頭附和。在空蕩蕩的房子裡，我正好也想到了這件事情。

蜜月旅行決定去尼斯。和會說法語的岩倉君同行，實在是非常快樂。不論店家或者飯店都是岩倉君知道的，所以非常輕鬆。就這樣，我原本狹窄的世界一點一點逐漸開闊了。而後我們倆開始物色新居，好不容易找到了一間不錯的房子。

這是我們前往未來將搬過去居住的屋子測量窗簾尺寸時的事情。

「這間房子，好像完全不會有幽靈出現喔。」

他這麼說。

八年的歲月，幾乎將他徹底改造，可是改變不了之處就是改不了。日本人絕對不會選擇的外套款式、製作點心的用具、偶爾接到國際電話他以法語交談時的模樣等等，反而讓我充滿了希望。

這些原本並不熟悉的事物進入生活之中令我感到開心。

我經常想，不知道他會不會覺得無聊。我一直待在同一個地方，做一成不變的事情。我所能貢獻的新事物，算起來就只有換了一個地方每天扮演實在不怎麼樣的妻子角色以及做蛋包飯而已。其實他找一個像我婆婆那樣善於待客的女人，或者反正已經有工作，找個更搶眼更刺激的女人不是比較好嗎？我很認真地如此思考。

曾經多次提出這個問題，得到的回答是「一點也不覺得無聊」，這令我寬心，而且岩倉君還表示越來越喜歡我的容貌與身體。

的確，我已經從青澀緊實的小姑娘體態轉為成熟，比較像個成年人了。有時候在浴室攬鏡自照，我也不禁讚嘆自己的腰肢曲線實在誘人。臀部豐腴，腳脖子緊實，乳房渾圓，再加上粉紅色柔軟的乳頭，感覺相當好。這應該是肉體充分勞動鍛鍊的成果吧。

「那對老夫婦，應該成佛了吧？」

「有蛋包飯和咖哩，絕對是滿足的啦。最後那段時間，老爺爺不是行動不便，已經不能過去了嗎？」

「好像是。所以，他們一定很高興吧。」

我說著笑了。

雖說日後或許再也無法烹調出投入比那更多心力的食物了，可是如今每當我感覺疲憊，水準下滑、調味似乎過重的時候，就會打起精神，以免自己忘卻最後做給岩倉君吃，以及為了做給即將前往天國的那對夫妻的最後晚餐，當時挺直了脊背烹調蛋包飯和豬肉咖哩時所投入的心力。

我得牢牢記住，不論對象是什麼人，自己所烹調的食物有可能就是對方最後的一餐，這就是我所從事的行業。

「以後如果有空，我打算讓鎮上的獨居老人訂餐，提供外送服務。並且開發一些好比低價的蛋包飯便當什麼的。」

我說道。

「我也打算這麼做。在那邊，尤其是巴黎以外地區的店家，即便只是家麵包店，都非常重視自己所在之地。對於遠道而來的客人自然是不會怠慢，可是在為當地人提供美好時光這一層，卻是有十足的專業認知。」

岩倉君說道。

「有朝一日，我們也以自己的方式來開一家店吧。」

「如果能擁有更大的地方，在那裡興建房子就好了。」

在那個日子到來之前，應該會一直住在這間屋子吧……我這麼想。

屋子的日照充足而且通風良好，公園的綠意一覽無遺，還可以聽到鄰近小學傳來熱鬧的孩童嬉鬧聲。這裡與那破破爛爛的屋子截然不同。一來多半不會有幽靈出現，而且我們倆也已經長大成人。

若非長大成人，若非相隔了這麼久，想必不會在體認到那種甚無意義的時間——與某個親密的人隔著被爐相對而坐，儘管有些無聊，但雙方並不會各執己見針鋒相對，而是不時為對方的話語所感動斷斷續續聊個不停——竟然遠比上床、大吵大鬧之後又甜甜蜜蜜言歸於好更寶貴的時候而大感訝異吧。

如今回想起來，當時是因為年輕，才會以為後者比較重要。所以才會不懂得彼此的重要，有朝一日恍然大悟，自然就會有此體認吧。

不過……我們應該還是會以無人知曉的方式將彼此擁有棒子和小穴之事隱藏於雙方關係的核心，專注於彼此的每一天吧。到了夜裡，或者絮絮聊著生活瑣事，或者做愛，就這樣逐漸老去吧。一面培養這種不僅限於身，也不僅限於心的連結，一面讓專屬於兩個人的空間逐漸膨脹到甚至可說是無以復加的程度。

我們應該會自尼斯開始，一再體認兩人在床笫之間有多麼契合，一面四處旅行吧。

不過，大概沒有什麼能夠超越在那陰霾天空下，溫暖，而且還會有幽靈出現的屋子之中鑽進羽毛被裡的那次性愛吧。

我們倆關係的基礎之中或許總少不了當時的感覺吧。

還有就是，我們倆總有一天也會如同那對老夫婦一般消逝，幾乎不留下任何痕跡吧。

乍看之下這是單純的人生，實際上卻隸屬於一道足以與七海冒險匹敵的巨流。在那裡，有我已逝的祖母，有岩倉君已逝的母親。當然還有那對老夫婦。每個人都經歷過那巨流，每個人都如此這般掙扎，但歸根究柢都同樣身處於水中。

假若，假若沒有在那屋裡見到他們的話，我們倆會結婚嗎？

至今這依然是個謎，可是大概，大概不會吧。

我不禁有這種感覺。

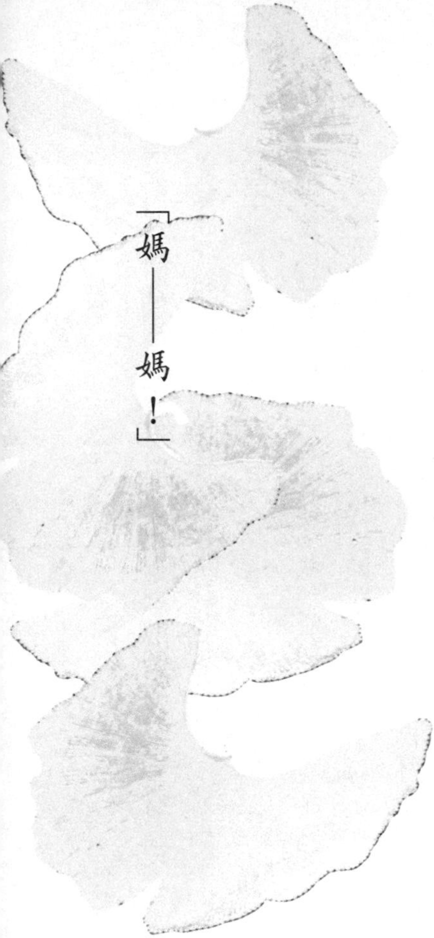

「媽——媽！」

當時我所見到的，首先是，員工餐廳的菜單。天婦羅套餐、豆皮蕎麥麵，還有蔬菜咖哩。

肚子還挺餓的。

該點什麼好呢？站在白板前面，我一時陷入沉思。

就點咖哩吧，拿定主意的這一瞬間，「和歌山咖哩事件」突然在腦海中閃現，我記得很清楚。

我認為那是我個人的直覺在作用。因為前一天看的電視特別節目正巧提到那個於慶典活動時在咖哩中下砒霜的家庭主婦。既然都已經特別有所感應了，若是就此打住該有多好？

可是那小小的直覺感應，並無法阻止我那彷彿被洪流猛力捲走的行動。

雖說過去很難得會出現這種想法，可是我覺得自己當時必然會身處該地。在種種機緣之下，遠方的兩條絲線突然連結在一起，唰一聲被拉了過來，類似這樣的感覺。畢竟我並沒有特別去想什麼或者覺得困擾，也並未想要追求什麼改變。

啊，肚子好餓啊，就只有這個念頭而已。

天婦羅和蕎麥麵好像都引不起胃口哪，如果像上個禮拜那樣有鴨南蠻（蔥花鴨肉蕎麥麵）的話就點蕎麥麵了，心裡想著這些，我走進了員工餐廳。

進餐廳時，與一個正好要出來的男人錯身而過，擦撞了一下。一頭亂髮，模樣略顯潦倒，身穿黑色衣服的男人，並沒有穿西裝。一來視線比較向地面，再者那只是一瞬間的事情，我完全沒認出來那是什麼人。

不過，那其實是我認識的山添先生，以前在同一樓層隔壁的編輯部上班。

我竟然完全沒認出來對方就是那個人。

由於工作忙碌稍微錯失午休時間，經常會在餐廳遇到、在總務那邊打工的光子小姐，也已不見人影。如果碰到，我們總會一起邊吃飯邊閒聊，是公司裡跟我交情最好的女孩子。

員工餐廳裡一反常態顯得比較空，裡面多半是晚一點過來悠哉享用午餐的人。位子大約只有四成被占用，我猶豫了一下，挑了個靠窗的桌子將稿件擱下。

透過窗子可以看到下面的停車場，銀杏美麗的枯葉不斷飄落，累積成堆。我起身去拿茶和咖哩，只帶著錢包。

我先去買了餐券，拿到櫃台交給服務人員。「好的，一份咖哩。」面熟的白衣阿姨說完之後笑咪咪地走到裡面去了。

然後我到茶水機那裡，倒了一杯茶，走回櫃台，領取做好的咖哩。

這時我的心裡想著，啊，像這個樣子一件一件依序將事情完成真是令人心情舒暢哪。這就是按部就班將午餐打理妥當的樂趣所在。這種小小的喜悅，正是午休中令人期待的時刻呀，我不禁想要哼起歌來，甚至覺得有些飄飄然。

如今回想起來，我甚至認為這或許是老天爺同情我之後會出事，才賜予的些許好心情吧。

不知怎地只覺得胸口發熱，簡直就好像接下來有什麼快樂的事情等著我似的。

儘管根本就不是那麼回事，可是如今一想起當時那飄飄然而且平和的瞬間，就不禁覺得自己太過天真而啞然失笑。

那個時候，沒有任何一個人注意到我。

大家的注意力都放在自己的事情或者席間的話題上面，現場原本就不多的人，沒有任何一個注意到這件事情。

接著，我回到座位，邊吃咖哩邊看稿子。

運氣不好的是，我前一個禮拜得了非常嚴重的感冒，喉嚨仍然乾澀不適。再加上午後的陽光帶著少許熱氣從窗戶射入，耀眼的光線讓我有些恍惚，精神無法集中。

這是一份校稿，已經經過校對修改過的作家原稿。我不知不覺開始專心看起稿子來，無暇顧及味道究竟如何，只是像頭山羊一樣不停咀嚼，一口一口將咖哩解決掉。還有就是，這裡的咖哩向來下了很大的工夫使用許多種香料，今天吃起來怎麼苦苦的呢？頂多也只是這麼覺得而已。

於是……到了下午，我漸漸開始覺得噁心，起初只是起身離座去洗手間吐了一次，可是並沒有舒服一點，後來又連續吐了很多次，終於因為脫水症狀而在洗手間昏倒，主管連忙開車將我送往一家大型急診醫院，醫院距離我所任職的出版社不遠。

「很嚴重喔。」

翌日，光子來探病的時候，我已經恢復得差不多，在床上坐起身來繼續看昨天的校稿。

這份稿子的作者送了花來。卡片上面寫著：「我的書晚一點出沒關係，請安心養病，實在是飛來橫禍啊，幸好吉人自有天相。」

唉，即便對方說延期也無妨，可是公司內部還是會受影響吧，想著想著，閒不下來的我自然而然就在那裡又工作起來。

一來我原本就不太注重自己的身體狀況，而且我自然也不甘願工作被這點事情打斷。我笑著說道：

「在大家面前那樣痛苦嘔吐，回公司一定會很丟臉。雖說當時根本就沒有餘力去想這種事情，可是我實在不知道該用什麼表情去面對大家。而且，竟然還上了新聞，好想哭啊。」

「公司裡也是議論紛紛呢。」

光子笑著說。

「松岡姐，妳現在是頭號話題人物耶。以後啊，大概要找哪個帥哥約會都不成問題吧。」

「不需要啦，我已經有男朋友了。不過，昨天社長來探病的時候，心頭還真有點七上八下的。腦袋裡居然浮現金龜婿這個字眼呢。」

我說著笑了。

「社長離過一次婚，目前單身，雖然年近六十，可是仍然風度翩翩哪。」

「就是說啊，那麼帥氣，感覺就好像在這間醫院的單調景色中加入了華麗奪目的東西似的。當然也帶了花，是跟田中祕書一起來的。我完全沒想到他會親自過來。可是我那時穿著皺巴巴的睡衣正在吊點滴，不免覺得有些不好意思。」
「可是，在員工餐廳遭人下毒，社長過來表達慰問之意也是理所當然的呀。」
光子一副忿忿不平的模樣。
「據說因為午餐時間即將結束，在妳之後就沒有其他人吃咖哩飯了。」
「幸好只有我一個人遭殃。那個時候，我真的是難過到懷疑自己是不是會死掉。因為根本搞不清楚自己到底出了什麼事情。」
「實在是飛來橫禍啊。那個叫山添的傢伙，曾經擔任一個女大學生作家的責任編輯，謠傳他遭到撤換之後就開始死纏著人家，聽說過吧？大約是一年前的事情吧。半夜去人家的住處，猛打騷擾電話，還有就是跟蹤，很可怕呢。據說後來因此遭到解雇，結果矛頭一轉，變成非常痛恨公司。還聽說最近經常去精神病院接受治療。後來啊，他不斷對公司提出種種指控，好比那位作家的暢銷作品其實是兩人合作完成，可是他卻沒有分到版稅等等。好像不久之後公司便出錢協助那位作家搬家了。還聽說啊，新的責任編輯甚至還擔任了一陣子保鏢。同一個出版部的人好像都知道事情的始末，可是上面交代不准對外洩漏。」

「如果我是出版部的部長，大概也會這麼處理。實在無法想像，怎麼會發生這種事情？山添先生離職之前我經常在公司遇見他。印象中他總是穿得規規矩矩，工作賣力的模樣，所以當時完全沒有認出來。還以為是營業部哪個熬夜加班筋疲力竭的同事。不過，幸虧立刻就抓到人並且查明毒物的種類，得以迅速治療，算是不幸中的大幸。醫生是這麼說的。」

我說道，然後又繼續下去。

「雖說意外遭受了池魚之殃，可是一想起錯身而過時山添先生那種落魄的模樣，我就不覺得他真有那麼可恨。因為跟以前的模樣實在是判若兩人。」

這是我的真心話。

過去總是融入了公司的風景之中，看起來決不會脫離常軌的山添先生，當時那種似乎已經無處可去，黑暗、走投無路的樣貌，我依然能夠清楚地回想起來。

就像是一個已經踏上不歸路的人。

我想他原本應該也不至於如此吧。

搞不好，過去與那位作家曾經發展出戀愛關係。即便合作之說是扯謊，可是多少給過一些建議也是很正常的事情吧。

搞不好是因為，存在於他內心某種深沉的東西碰巧為那戀情所觸及，使得他的思緒逐漸迷失在別的地方，才會變得不太正常吧。

「松岡姐就是這麼善解人意。」

光子笑著說道。

「在我看來，明明就像是無端被捲入了別人的感情糾紛之中，又是些根本就不太相干的人，更何況還攸關生死，應該要覺得氣憤才對。」

「可是，我從沒想過這種事情會發生在自己身上。覺得那完全與自己無關。即使現在還打著點滴，感覺也好像是在做夢一樣。」

我說道。既不憤怒也沒有什麼其他感想，好像還弄不清楚究竟是怎麼回事，這就是我的實際感受。

光子點點頭，正色說道：

「就是說啊，這幾年，好像精神不正常的人越來越多了耶。可是，那個山添光是會變成跟蹤狂就已經夠令人意外的了，沒想到他竟然還會在員工餐廳下毒，我實在無法想像，這種事情居然會發生在自己身邊。那個被跟蹤騷擾的作家，還在電視上哭著跟松岡姐道歉呢。哎，真的是遭到了池魚之殃哪。還好沒有什麼大礙，算是不幸中的大幸。」

而後她又繼續說下去。

「可是話說回來，如果下的是更毒的藥物，松岡姐就已經不在人世了。萬一事情演變到那種地步，我搞不好會因為打擊和寂寞而沒有辦法繼續在公司待下去。如果是那樣的話，除了松岡姐之外，搞不好還有更多人會因此而送命，光是想到有這種可能，就覺得很可怕。」

光子話中那分認真，令我寬心不少。她給了我一種想要早日回到工作崗位，繼續過去那種尋常生活的感覺。

「短時間內我恐怕不敢去員工餐廳吃東西了。」

我笑著說。

「那還用說，心裡一定會覺得怪怪的吧。利用員工餐廳的人好像也大幅減少了。」

光子說著笑了。

「餐廳的阿姨好可憐喔。」

「就是啊，那我以後一定還會再去。」

我說道。

「這種事情，我不認為還會發生第二次。」

「可是松岡姐，如果妳心裡多少還有些疙瘩的話，可以隨時來找我。反正我的午餐時間總是不固定，可以配合妳。所以，我們就一起出去吃吧。」

光子握著我的手這麼說。

「謝謝。」

我說道。光子的善解人意令我非常開心。
這個時候，我某種程度仍然處於「事件亢奮」、「住院亢奮」的狀態，由於被捲入可怕的事件之中，社長首度出現在身邊表示關愛之意，這股氣勢，加上已然得救，以及住在醫院的安心感，使得我對於自己的肝臟究竟受到何種程度的傷害，日後會對我造成哪些影響，都還完全沒有概念。

犯人山添在咖哩中加的是，大量的感冒藥。
我接受洗胃，持續吊點滴，還做了各種檢查。於是五天後，聽過醫生交代「暫時不可以喝酒、不要做激烈運動、不可以有壓力、不要吃加了強烈辛香料的食物、只能吃我們開的藥，不可以服用其他藥物，盡量保持安靜，一段時間之後請再來做檢查，如果自己覺得精神方面不太穩定的話，請不要客氣，隨時都可以跟醫院連絡，我們會安排心理諮商。」等等事項之後，我出院了。
躺在醫院的時候完全不知道，可是回去一照鏡子才發現，自己的臉色竟然這麼差，而且覺得非常疲憊。

該如何形容這種疲憊呢，感覺就好像從頭到腳，徹底地疲憊，精神沉甸甸地越來越低落。即使什麼事情都沒做，也會覺得精力如同水一樣不斷從自己的體內流失，身體裡好像就只剩下一條溼淋淋的毛巾而已。

即便如此，一來我並非動不了，而且也不願意一直躺在家裡，所以在仍然身為話題人物的時候，照常進公司。因為不想被認為精神方面無法負荷。

但事實上，光是搭電車到達公司，就已經覺得耗盡了所有的能量，疲憊不堪，但也只是沒有活力而已，勉強還是可以工作，再說飲食都有限制，不必出席應酬而得以早早回家，旁人並沒有發覺我這種疲憊的狀況。

起初大家都興致勃勃一直照護著我，或者問長問短，在走廊或者廁所聽到別人說：「那個人，就是中毒的那個耶……」、「看起來精神比送醫急救的時候好多了」這些話的時候我都會非常難為情，可是時光匆匆流去。當我浸泡在疲憊池中之時，只覺得外側的景色逐漸在改變。

為了熟識的餐廳阿姨而鼓起勇氣和光子一同前去員工餐廳，點了鴨南蠻來吃的時候，周遭竟然響起了掌聲。

由於已經順利在旁人心中建立起「那個人已經沒問題了」的形象，注意我的人日漸減少。如此一來，除了我的內心之外，一切已經逐漸恢復平和，回歸日常之流了。

但我的內心依然有什麼東西殘留著，不曉得什麼時候就會突然引發刺激。可是仔細想一想，我認為原因或許出自疲憊，每當警方或是醫生不停提問，情緒就不由得越來越差。

會覺得焦躁不安，想要大吼：「夠啦！別來煩我了！」

這種撒嬌心態表現得最明顯的時候，就是對我的男朋友。

交往已經超過三年，我和男友小裕正處於試婚同居的階段。所以熟識的人都知道他的連絡方式，事發之後他立刻接到通知，隨即趕到醫院來看我。幫忙連絡扶養我長大的祖父母的人，也是他。

他向公司請了早退，在我洗胃結束回到病床，接受各方人馬種種詢問的時候，一直陪伴在身旁。

「如果不是這麼虛弱的話，一定會更開心。」看到趕來醫院的小裕時，我心裡這麼想。真的是放下心來。

因為，同住的他正是我最親密的人。

接下來的幾天，他們真是把我服侍得無微不至。由於擔心醫院伙食不好吃，他請母親熬了美味可口的粥帶去醫院，用微波爐熱過再給我吃；每回奶奶送換洗衣物或是我想要的東西過去的時候都會與他做種種交流，兩人的感情越來越好，病榻旁邊變得非常熱鬧。

啊，感覺好像多了新的家人一樣，儘管虛弱，我還是有些開心。只要出現了突發事件，這種向心力也會隨之增強。

望著為了我而數落山添和公司、或是氣憤落淚的家人，我總會因為「自己是如此被關愛著」這種感覺而有些難為情。

「對不起，我竟然不知道妳的父母不在了。」

某天夜裡，探病時間結束後悄悄帶了蘋果來的他，看著音量轉小的電視時，突然嘟囔了這麼一句。手上俐落地轉著蘋果削皮。

由於社長為我安排了單人病房，護士對於探病時間也不太認真管制。醫院夜裡非常安靜，處在這個空間之中，彷彿這個世界上就只剩下我們兩個人。在這自然而然就會將聲音放低，彷彿從未有過的，小而靜謐的世界裡，只有我們兩個。

那天夜裡，我依然虛弱，身體無法隨意活動，腦袋也一直昏昏沉沉，處於有些鬱悶的狀態。

我接過他削好的清脆蘋果默默吃著。雖然這酸甜的滋味令我瞬間精神為之一振，可是狀況依然欠佳，坐起身體就累得要命。連打幾天點滴令我越來越厭煩，用膠帶固定針頭的部位開始發癢，還因為臥床太久而腰痛。

在這種時候，即使愛得再深，交往時間再久，在聊天的時候要說明相當沉重的事情，都會覺得非常麻煩。

「然後呢，這幾天有機會跟妳的祖母長談，有許多事情都是第一次聽說，一想到過去從不曾問過，就覺得自己實在是很不應該。」

他說道。

「夠了，別再說這些了。」

我沒有想到自己的反應竟然會如此激烈。安靜的病房裡，我焦躁的聲音顯得非常大聲。這種焦躁如同泉水般咕嘟咕嘟不斷從心底湧出即將爆發，但是我克制住了。

歸根究柢，是蘋果讓我沒有爆發。

美麗的紅色蘋果皮在盤子裡捲成一團。下了班還拖著疲憊的身子特地繞過來探病，而且又為我削蘋果的小裕，那因為我激動的語氣而滿是驚訝的臉，迷迷糊糊看起來簡直就像是眼前美麗無邪的蘋果。

我努力讓自己平靜下來，繼續說道。

「因為，有很多事情我也記不太清楚了。再說，小裕你也是父親去世母親再嫁，我想一定也有很多傷心難過的遭遇，就算要說明大概也很難說明白吧。所以小裕，即便你並沒有主動問過我這些事情，也沒有什麼不對啊。」

我說道。

「因為，現在的我雖然身體出了狀況，可是也會逐漸復原。而且，接下來又即將要組織自己的家庭，自然是滿懷期待，根本就不太會去想過去的事情。或許我的心裡某處真的受過傷，可是我認為自己已經努力面對過，而且當時的年紀實在太小，也不記得什麼事情，或許我並沒有徹底克服，可是爺爺奶奶真的是把我當作是自己的孩子一般疼愛有加，所以並不是缺少愛呦。心裡並沒有什麼意想不到的扭曲，這一點你可以放心。」

「都交往這麼久了，這我當然知道。因為我也很清楚妳的爺爺奶奶有多麼好。」

他說道。

「可是，遇到這一次的事件，身邊吵吵鬧鬧的，還要接受各種詢問，腦袋裡難道不會亂哄哄的嗎？」

這就是他獨特的敏銳之處。平常顯得粗線條，而且難得問我一些正經事情，可見他其實很擅長觀察他人的表情或者語氣。

「嗯，可能吧。可是我覺得，只要身邊恢復平靜，我的心情一定也會靜下來吧。」

我說道。

「出事之後，我總覺得妳的臉色似乎變得比較凝重，可是仔細想想，差點被殺之後還能夠一派輕鬆模樣的人，這個世界上應該找不到吧。」

他這麼說，然後笑了。

的確，每次談到雙親、家人、或者孩提時代回憶的時候，我總是會眼前稍微一暗，覺得好像有個沉重的硬塊成形了似的。不過，這種現象隨即就會消失。

我現在擁有自己的每一天，擁有一份工作，並且剛和文靜而心靈高潔、彼此氣味相投的小裕展開共同的生活。

不論青春期周遭同學紛紛戀愛的時候，或者開始上班周遭同事陸續結婚的時候，我都一直專注於自己的內面，彷彿在呵護著那部分似的。

可是心裡的某處，卻羨慕著其他人。

我覺得，喜歡輕浮調調的人，一定就是對於可以浪費的愛情，如同打開自來水龍頭嘩啦嘩啦流掉也仍然會漸漸滿溢的愛情毫不在意的人。

其中當然也有例外，可是身邊那些喜歡到處留情的人，看起來都是這個樣子。真好啊，可以這樣毫不在乎地處理與他人的感情，我心裡想。

雖然我從未懷疑過祖父母的愛情，可是不知怎地，就是會有一份「被收養」，受惠於人的虧欠感。在一種正好寄宿在非常喜歡的人的家的心情下，我經常會有一種「即使撒嬌可以討得歡心，沒有關係，但還是不能夠過分麻煩人家」的感覺。

而後，我也逐漸明白，這個世界上沒有哪個人不曾因為家人的事情而受到傷害。我領悟到一件事，自己一點也不特別，而每個人的差別就只有是否能夠妥善處理而已。總而言之，人這種動物就是會受家人疼愛呵護，但是另一方面又會受到家庭的束縛。

所以，對於組織自己的家庭一事我非常小心謹慎，雖然小裕表示想要立刻結婚，可是我提議先同居一年試試再做決定。

還有就是，已經年近三十的我，過去交往過的異性只有三個人而已，與劈腿或者不倫這些狀況無緣，凡事一板一眼，正經得像個傻瓜。

小裕和我，同居之後的狀況超乎想像的順利。對食物的喜好沒有多大的差異，也會分擔家事，長年與母親相依為命的他，懂得如何保持自然的距離以及節奏。週末夜晚我們倆會親熱做愛，接下來再洗個鴛鴦浴。然後，含笑相視入眠。

由於這種生活遠比只是單純交往的時候來得安定而且愜意，令我頗為訝異。我開始覺得，或許自己想要過的就是這種生活。沒有理由，心情就會平靜下來，有安定感，只想要這樣的每一天一直持續下去，我想要這樣的生活。

搞不好，我所認為「對愛情漫不經心」的那些人，原本就都過這種生活，才可以對許多事情漫不經心，所以我以後搞不好也會漸漸變成那個樣子喔，雖然對結婚或者生兒育女這些事情有些害怕，可是一想到或許那也不是什麼大不了的事情，心情甚至變得比較放鬆了。

我渾身帶著一種莫名的緊張氣息，過去不知不覺間讓除了小裕之外的男人退避三舍，可以說，就在這種感覺逐漸緩和的時候，我遇到了這次的咖哩事件。

那天夜裡，在病房中的小小爆發，被我視為對戀人的撒嬌，而後就完全忘卻。

將近出院的某天夜裡，終於撤掉點滴的我，因為固定點滴針頭而一直貼著膠布的部位癢得無法成眠，實在太無聊，於是半夜去中庭逛逛。夜裡的醫院安靜得可怕，抬頭仰望，只見我剛才踏出的巨大建築物聳立在黑暗中，漆黑的窗戶和亮著燈的窗戶形成了錯落的圖案。

仍然穿著睡衣的我，瞇起眼睛，抬頭往上看。

建築物彼方的遙遠處有幾點閃爍的星光。

這裡面的人，或多或少都有攸關性命的問題。我運氣好才撿回一條命，雖說像這樣覺得無聊，但還可以到外面呼吸新鮮空氣放鬆一下，而且是靠自己的雙腳走來此處，有許多人卻再也無法從這裡出去了。

可是，這裡竟然如此安靜。

我這麼想著。彷彿即將為寂靜所吞噬，就要消失似的。

直到今天，一想起當時自己的弱小，仍然不免感到孤寂。

小小的脊背，小小的四肢。靠著還無法快步行走的弱小的身與心，我竭盡全力試圖仰望宇宙，但實在太過弱小，彷彿隨時都會被吹走。

平時忙於面對每一天、朋友、家人以及生活而幾乎已經遺忘了的，實在過於巨大而且屬於本質的事情，就在那時，伴隨著寂靜，彷彿下一刻就要將我壓碎。在不知情的情況下，我毫無防備地走進了黑暗中。為了認識自己的弱小。

在這樣的情況下我出院了，並且回到工作崗位。

接下來，只要身體完全康復，一切就都恢復原狀了，我原本如此認為……由於身體並沒有受到多大傷害，我以為「康復」應該會在哪天早上，爽快地突然到來。以為會像是感冒發燒，夜裡大量發汗，隔天早晨醒來時已經退燒，神清氣爽的感覺。

但是實際的狀況卻是日漸好轉，然後又反反覆覆。一點一點慢慢恢復，我的心裡竟然開始著急，真是始料未及的事情。由於過去難得去醫院那種地方，定期前往就醫那家醫院的風景，令我憶起過去，並且也慢慢發現自己越來越憂鬱，倦怠感與日俱增，但是周遭的人卻逐漸淡忘此一事件，已經無法再為我做什麼了。

休假日正好重疊的時候，小裕會想盡辦法讓我開心，開車帶我去景色優美的地方兜風。

因為那是我過去最喜歡的事情。

可是，我現在光是坐進車裡立刻就會暈車，即便喝水都想吐。即使沒有這樣，也會覺得眼前變暗了一級，在那黑暗中以磅礡氣勢出現的優美景色，那景色所帶來的震撼力壓垮了我。

鬱鬱蔥蔥的綠，大海的漲潮退潮，對衰弱的我來說過於強烈，過於眩目，令我無法招架。

啊啊，好美啊。可是我想早一點回去鑽進被窩裡。雖然已經睡飽了，可是接觸了過多耀眼的光線，還是會覺得很睏。

美味的食物也無法引起我的食慾，消瘦令我沒有體力，走路時腳步沉重，好像拖著腳行走一樣。

可是，也沒嚴重到怎麼也無法負荷的地步，所以並沒有將這倦怠的情形告訴處處為我著想的小裕。

未來我是否能夠復原，得以再次從這美妙的景色中獲得能量呢？我的心中充滿了不安。因為自己覺得好像看不到出口。

直到有一天，發生了那件事。

「啊，妳就是那次下毒案的受害者嘛！」

雖說我認為那位四十多歲的作家完全沒有惡意，不過是初次見面想找話題，可是我只是替因為盲腸炎而請假的責編去取稿子而已，特地請我進去坐坐卻如此連番盤問，真是令人冷汗直流。

可是，我身為編輯，也不好對作家講「請不要再說這些」這種話。

事實上，自從事發至今，一再被人東問西問這種同樣內容的問題的情形一直沒斷過，對倦怠的身體造成極大的傷害。或許是以為我平日開朗外向，應該不會對這種事情有什麼過度的反應吧。可是，倦怠，以及瑣事令人心煩、心情沉重。

「是的。不過，那只是轉瞬間發生的事情，而且我已經出院，並沒有什麼真實的感受。再說，事情並非針對我個人，所以一直覺得好像是一件遙遠的事情。就好像被狗咬傷，或者出了車禍，類似那樣的感覺。」

我說道。

「是不是看到了犯人的長相呢？」

作家與妻子顯得非常好奇，目不轉睛看著我。

兩人的眼睛直盯著我的臉。那視線好像黏住了一樣。好奇在所難免，即便是我自己，如果哪天碰巧有個如此令人感興趣的人物到家裡拜訪，自己一定也會如此毫無顧忌打量人家吧，我雖然這麼想，但無論如何也無法抬起頭來。就這麼在陌生人家，被兩個陌生人直盯著看。實在是令人不舒服。

「嗯，看到了。可是，因為與過去在同一樓層上班時給我的印象完全不同，當時根本就沒有認出來。更沒有想到他去員工餐廳是要做那種事情。」

儘管自己這麼說，那聲音聽來卻像是來自遠方，有某個人擅自說些能夠討好這些人的話，而不是出自我的口中。

他們倆接著又不斷提問。

「那個女大學生作家的繼任責任編輯，好像不是妳喔？」

「萬一除了妳之外還有很多人吃了咖哩而倒下，公司可就天翻地覆了喔。」

「那個人，以前在公司的時候，給人的感覺怎麼樣？是不是原本就怪怪的？」

「吃下那麼多感冒藥，有什麼感覺啊？是不是真的會死人啊？」

「我看他並沒有真要致人於死的意圖喔？否則一定會想辦法弄到劇毒吧？」

起初，我還虛應故事勉強回答，但是腦袋逐漸變得一片空白，口齒也越來越不清楚。明明想說話，可是嘴裡卻怎麼也無法吐出話語。難以言喻的焦躁向我襲來。甚至不耐煩到想要擺脫自己的身體到外面去。就如同上次在病房裡，對小裕的那種突發性焦躁的感覺之下，一切就要失控了。

接著，我突然將手中的茶碗用力摔到了地上。

美麗的茶碗猛地摔成碎片，那聲音對我造成難以形容的傷害，更甚於任何人。

茶碗摔成碎片，令我悲傷不能自已。

原本是如此美麗，但是已經無法復原了。時光不會倒流，感情也持續翻攪無法平復。

我拳打腳踢行為失控，作家先生急忙用力抱住我，試圖阻止。即使如此，我仍然極力在他的懷中掙扎，並且放聲大哭。

「別再問啦！我真的受不了啦！」

這聲音已經如同慘叫了。

可是還有另外一個我仍然保持冷靜。在稍遠處冒著冷汗觀察事態的發展。

這裡可是作家先生的家喔，我只是來取稿，只是來跑腿的而已。接著，竟然就在作家先生家裡摔破茶碗大哭大叫，發狂胡鬧了。

這個樣子，豈不是跟山添先生沒有兩樣了嘛……會被炒魷魚喔。可是，我自己怎麼也無力制止自己，無能為力。
我奮力掙脫作家先生的手臂，搥打地板號啕大哭。
我已經什麼都顧不了了。
這時，發生了令我意外的事情。
作家的太太突然彎下身，跪在地板上摟住我的頭。然後，輕撫我的頭。無比溫柔，就如同對一個小孩子那樣，不住撫摸。而後，她這麼說。
「對不起，我們竟然完全沒有考慮到妳的感受。」
太太的眼中泛著淚光。接著，太太轉向作家先生，正色說道：
「剛才都是你不好，人家都已經經歷那種事情了，還這樣冒冒失失一直問。」
「對不起，我實在太好奇了。」
作家先生低著頭這麼說，一副非常惶恐的模樣。
「我剛才的所作所為，實在太丟臉了。對不起。」
茶碗，打破了，我並沒有停止哭泣，抽抽搭搭地說著。我一定會負責賠償的，如果兩位要跟公司投訴這件事情也沒有關係，我真的覺得很抱歉。看來我的身體並沒有完全復原，還是覺得很累。不過，這並不能夠用來當作藉口，該接受什麼處分，完全就看兩位的意思。

我好不容易才表達出這樣的意思。錯在我們，兩人同時搖搖頭，說道。我們也已經為人父母了，卻做出這麼過分的事情，一直東問西問，完全沒有顧慮妳的心情……兩人滿臉誠意，坐到地板上繼續安慰我。

「我覺得在這個時代，一個平常會打照面的人，不知道哪天就會突然見不到了，所以難免因此產生種種想像，進而就燃起了興趣，再加上是初次見面，不知不覺就忘了禮數，實在是太魯莽了。職業病一犯，就沒辦法克制自己的好奇心。實在是非常抱歉。」

作家先生說道。

「對一個剛經歷那種事情的人，實在是太失禮了。就讓我們忘掉這些，心平氣和喝個茶吧。」

作家妻子要我別在意茶碗的事情，「畢竟真正受到傷害的是妳。」一語畢若無其事地收拾茶碗，然後去廚房為我沖泡咖啡歐蕾。而後連同用精美碟子盛裝、味道濃郁的糖栗子一起送來，說道：「大家就忘卻前嫌，一起吃吧。」

難為情的我仍然低著頭，將食物送進口中。食物進入胃裡，身子隨即暖和起來。

最令我覺得難為情的是，對於自己的狀況過於自信。更何況，竟然還是當著初次見面、不可以如此造次的人面前發作。

這時我才明白，一個人經歷了被人說長道短、上電視、憶起過去的傷心往事、與警察打交道、要是有個萬一搞不好就會喪命等等情況，還要心平氣和繼續度過每一天，是不可能的事情。

早知道會發生這種狀況的話，就應該去接受心理諮商才對，深感羞愧的我這麼想。

我越覺得羞愧，兩人就越是和顏悅色。

「妳完全沒有錯，也沒有哪裡不對勁。實在是因為我們太魯莽了，就算挨揍也不足為奇。真的是非常抱歉。」

作家的妻子直到最後仍繼續這麼說，作家先生則不住低頭賠不是。

於是，我以卑微至無以復加的態度，鞠躬告辭。

這件事我自然沒有告訴小裕，到了夜裡因為覺得丟臉而在被窩裡輾轉反側，甚至想要當作今天一天根本就不存在。

不過。

撇開自己所捅的婁子，作家夫妻的那份真誠、那有如吵架之後和好如初的孩童般純真的表情、以及作家太太撫摸我的頭時那溫柔的觸感，都確實殘留著，就好像是收到意想不到的人所送的花束，心情也不由得溫暖起來。

明明應該是過分、魯莽，把聽來的故事當作題材寫成受歡迎的小說，並以此自鳴得意的人，但是當這邊下意識暴露出自己內在的時候，對方也有相同的反應，感覺就好像彼此是年紀和地位都相當的孩童一樣。

我似乎可以理解那個人的小說作品之所以會受歡迎的真正原因。

或許大家看似只是依照慣例行事，但其實卻是在交換蘊含其中的美好事物，我心裡這麼想。

我很清楚自己所做的事有多荒唐。

可是，不知不覺似乎已經墮入山添那種無謂的瘋狂道路的自己，在這不確定的人世中的框架中勉強工作，就算哪天會荒謬地死去也不足為奇，卻在那一天感覺到，由於人類的善，獲得了相當程度的救贖。

「怎麼看起來還是很虛弱啊？」

在作家先生家中打破茶碗一段時日之後的某天下午，本先生突然在走廊上叫住我。去年曾經中風的這位上司已經回到工作崗位正常上班，現在只是稍微有些口齒不清而已。

「好像肝功能還比較差，不過已經好很多了。」

我說道。

「看到本先生氣色這麼好，實在令人高興。」

「嗯，方便嗎？有事想找妳聊聊。」

本先生說道。

「嗯，可以啊。」

「那我們去休息室吧。」

本先生說。

我有不祥的預感。

因為，那位作家先生的責任編輯，也就是當天因為盲腸炎住院的柴山先生，他交情最好的主管就是本先生。

休息室空蕩蕩的，只有一組人正在討論事情。

深深坐進沙發裡，喝著日本茶，本先生開口了。

「這件事，我並不是經過柴山，而是直接從××先生的太太那裡聽來的，妳，這一陣子似乎狀況不太好喔，不要緊吧？」

「嗯，如果是這件事的話，我已經有充分的心理準備了。」

我回答。

「內人與作家太太非常要好，對方也經常來我家玩。不過，作家太太是個非常明理的人，自然沒有對內人多說些什麼，也並沒有表示希望妳受到什麼處分。反倒是深深對我表達歉意，非常擔心妳的狀況，所以，我才想找妳聊聊。妳是不是太勉強自己了？」

「是想要盡快回歸正常，可是身體還沒有完全復原，所以說老實話，我對自己並沒有自信。」

我實話實說。本先生點點頭。

「那位先生，年紀輕輕就成為暢銷作家，頭腦又好，可是我覺得，他在待人處世方面實在是有欠敏感。之所以會那個樣子追問，應該只是出自像小孩子一樣的好奇心，完全沒有惡意。」

本先生說道。

「我明白。我也認為那是對方的特點，而自己竟然無法配合，我也在自我反省。」

我說道。

「真的是給您添了大麻煩。」

我後來買了一套平常也可以使用的美麗茶碗送去那位作家先生家，但價格根本比不上那只打破的茶碗。只不過，我並不認為這麼做就能夠完全彌補，所以已經有了心理準備。大概，是要和本先生一同前往登門道歉吧，我心裡想。可是，本先生這麼繼續說下去。

「如果身體還很虛弱，或者精神方面仍然無法負荷的話，我會去跟社長報告，想辦法讓妳稍微休個假。當然，這件事情我並沒有對任何人說，也不打算跟社長講，××先生也對我表達相同的意思。而且他們夫妻倆不但一點也不生氣，反倒是覺得過意不去，所以妳大可不必擔心。若是想要休息一段時間，都一定會讓妳回到原來的職位，就放輕鬆點，隨時來找我商量吧。」

「謝謝您的關心。」

啊，意思就是希望我在造成更嚴重的問題之前休假吧，我心裡想。聽到這種話，真的是讓我的心好痛。沒想到已經到了上司會建議我休息的地步，令我大受打擊。直接挨罵然後被炒魷魚還比較乾脆些。

但本先生依然親切，很有耐性地說下去。

「妳是被害人啊，或許妳不願意承認，或許妳希望當作什麼事情都沒有發生，可是事實就是事實，千萬不可以勉強。我曾經與山添共事過很長一段時間，可是那時我滿腦子都是自己生病的事情，完全沒有為他做什麼。嚴格說來，其實我也有責任。我並不是要拿山添來與妳相提並論，只是想多少幫上一點忙而已。」

「謝謝，我會好好想一想。」

「哎，有的時候，我也很受不了那位先生的攻擊式追問。就連我自己，也因為中風被他視為創作材料而做了詳盡的詢問。」

本先生說著笑了。

「可是，那個時候，我卻失控了。」

我說道。

「我一定會好好想一想。或許，休假一段時間對公司來說也比較好。」

「是啊是啊，就放鬆心情考慮一下。如果認為不要緊、大可不必的話，那也無妨。這件事就這樣，應該不會有其他問題了。再來嘛，還有另外一件事想跟妳說。」

換了個話題，本先生露出了笑容。

「我去看過中醫，拿了由多種中藥調配而成的處方。服用之後覺得好了很多。可以的話，我想介紹妳去。我覺得那邊的醫療方式確實有能力解毒而且不會造成肝臟負擔，如果還覺得虛弱的話，不妨去試試看。」

本先生病倒之前雖然是個好人，但一忙起來就容易動怒而且講話有如連珠炮讓人很難跟得上，較為神經質，常令人敬而遠之，可是出院之後為人卻有了些許改變。神色自若，氣色也變好了，講話不再有如連珠炮，沉穩、凡事有條不紊。

以前甚至有人會模仿那連珠炮似的講話方式加以取笑，最近他卻比較可以與同事們打成一片，大家私下紛紛表示：「那個人康復之後變得非常隨和。」雖說這只是我個人以為，但感覺如今的本先生根本不會在意這種事情。感覺他的天地更開闊了。

雖說想到：「意思是要我休假嗎？」心裡不免覺得彆扭，可是這件事卻深深感動了我。

儘管我像個小孩一樣滿腦子想的都是自己的事情，只會揮霍自己，儘管公司裡有討厭的傢伙，可是也有這種認真看待他人，並在避免造成負擔的情況下伸出援手的人。

那個神經質，總是有如急驚風的本先生，到鬼門關前走了一回，正面帶微笑用關懷的眼神看著我。而我，也到鬼門關前走了一回，因為運氣好還能夠身在此地，像這樣接受這份關懷。

這一切，令人覺得有如一件美好的奇蹟。

「謝謝。可是，真的可以嗎？會不會太麻煩？」

我說道。

「當然不會是什麼鄭重其事的介紹，只是給妳一張醫院的名片而已，上面有地址和電話。哪天心血來潮的話就去看看吧。只要知道萬一遇到緊急狀況的時候有個地方可以去，應該也可以減輕因為急於想要康復而產生的焦慮吧。」

說著，本先生從名片夾中取出醫院的名片遞給我。

名片帶著本先生的體溫而暖暖的。

想必，他在距今不過一年之前曾經深深思考過有關生死的問題吧。對於妻子、兒女、住家、以及未來的工作等等，一定都想了很多吧。

曾經經歷這種事情的人所特有的涵養，緩緩傳來。

「謝謝。」

我說道。揮了揮手，他離開了。

對於「人」，我過去自以為有多麼了解，可是竟然差一點遭「人」殺害，又為「人」所救……這有如經過設計的故事一般的過程，令我有些訝異。

好事和壞事就這樣每天交互出現。

以前的男朋友來電，說是在電視新聞看到了我，自然是出自好奇的他令我心情惡劣，但是隨即又有許久未見的兒時鄰家玩伴與我聯繫，由電視看到消息的她雖然嚇了一跳，但是很高興得知我並沒有生命危險，而且精神還不錯。

我覺得，自己已經不會再惶惶無措了。

雖然依舊覺得倦怠，可是我隨即前往本先生介紹的醫院，拿了不會產生副作用的排毒藥服用，氣色也變得比較好了。而且我的身邊也逐漸恢復了平靜。

有時我會仰望天空，反覆思量。

那個時候，如果下的是砒霜或者氰酸，我在驚嚇之中就那麼告別人世的話呢？

天空清朗澄澈，雲彷彿是俐落地刷出來一般拉得長長的，一縷航跡雲殘留在蔚藍之中，高處有風吹過。

這種時候我會用全身去感受，連如影隨形的虛弱倦怠都會忘掉。

就算是那樣，這個世界大概也不會有任何改變，照舊循著一定的軌跡運行下去吧。或許山添的罪會變得更重，而爺爺奶奶將終日以淚洗面而迅速衰老吧。大概會因為思念我、怨嘆為什麼竟然是白髮人送黑髮人，而對山添先生恨之入骨，巴不得他去死吧。奶奶可能會連續辛苦好幾天，邊哭邊仔細整理我的遺物吧。將衣服一件件折好，該送洗的送洗，把首飾擦亮，把餐具收入紙箱，以我喜歡的仔細周到的方式，將我遺留下來的那些髒東西，用那滿是皺紋的手，整理得乾乾淨淨吧。就像是疼愛我那樣。

而那間我和小裕同租的屋子，就將只剩他一個人了。

應該會孤零零的一個人吃飯，清洗過去兩人一同使用的碗盤吧。孤零零地睡在兩人的床上；假日孤零零地去總是兩人一起去的游泳池，回程則一如往常順便去逛書店吧。

想到這裡，眼淚不禁流下來。

總有一天，他會跟一個比我年輕許多的可愛女孩在一起，以「以前，我曾經有個論及婚嫁的女朋友，可是她遭人下毒而死。」之類的話題賺人熱淚，然後與對方的感情越來越濃吧。

可是，我卻將從小裕往後的生活中消失。葬禮結束，孤零零回到兩人的家的小裕。身穿黑色喪服，背影孤寂的小裕。拿手的清掃工作只為了自己而做的小裕。再也吃不到我烹調的義大利麵的小裕。

我總是會這麼想，自己這個人，即便活在世上也並未占有多少空間。即使一個人哪天突然消失了，大家最後都會逐漸習慣。這是事實。

可是只要一想像少了自己的場景，以及將在其中繼續生活的那些自己心愛的人，我就無法克制住自己的淚水。

僅僅剜除我的形體的世界，也不知道為什麼，看起來竟然如此淒涼，即便是短暫的時間，即便登場人物早晚全都會在時空的彼方消失，那空間看起來也有如一件非常寶貴之物，閃閃發光。

就好像樹木、陽光、或者路上遇到的貓一樣，看起來如此惹人憐愛。

我為此感到愕然，一再抬頭仰望天空。擁有軀體，身在此處，仰望著天空的我。有我存在的空間。

望向我那有如遠方燦爛晚霞一般美麗，寄宿在這軀體內，一生只有一次的生命。

小裕去出差，有兩個禮拜不在，家裡只剩我一個人，已經好久沒有這樣了。

原本一直跟著爺爺奶奶，等到存夠了錢自己租屋之後沒多久就認識了小裕，算起來我其實並沒有真的自己一個人住過。所以覺得這樣相當新鮮，帶了比平常更多的工作回家，隨自己高興何時吃飯、工作、或者清洗衣物，令我意外的是並不會覺得寂寞。

只不過，待在兩人同租的寬敞房間裡，難免會突然開始思考：「我在這裡做什麼？」之類的問題。

聽到我說小裕難得出差，娘家強力邀約，我拗不過，於是在第一個週末回去了。

說娘家，其實是爺爺奶奶家，那是我長大成人的地方。

幫忙爺爺整理庭院；大啖奶奶煮的紅豆糯米飯；和奶奶一同去附近的澡堂，互相幫忙擦背。奶奶的背光滑細緻，水一沖上去就完全彈開。啊，感覺真年輕，身子還很硬朗，這令我安心。

然後我們帶著暖呼呼的身體，一面欣賞美麗的晚霞一面順道去購物，再漫步穿過我度過青春的懷念市街走回去。

「好想吃草莓喔。」

奶奶聽我這麼說很開心，為我買了兩盒。

晚餐吃壽喜燒的時候，一如往常，彷彿已經成為我們家的家傳方式一般，最後將白飯加進去攪拌來吃，還一邊討論「看起來好不衛生喔」、「可是很好吃呀」。一如往常，再將已經變成泥狀的馬鈴薯也拌進去，吃了許多。

而後，我將那件事情大致說了一遍，兩個老人家急得直追問：「那家公司真的安全嗎？」、「是不是辭掉比較好呢？」

要是經常發生那種事情，公司早就倒了，絕對不會有問題的啦，我想繼續做下去，我如此說明。在作家先生家裡號啕大哭行為失控的事情，自然是絕口不提。

然後兩老又問了許多我跟小裕的事情，好比要不要舉辦婚禮、打算什麼時候舉行、要不要生孩子之類的。

一來還沒有具體考慮到那些事情，再說要邀請同事等等又很麻煩，所以打算只邀請至親好友辦個餐會，然後再辦理戶籍登記就好，我這麼說。還告訴兩老已經見過他媽媽好幾次，再婚的她與先生的感情看起來很不錯。最後好不容易敲定，找個時間邀對方兩位，還有爺爺、奶奶一起去大飯店吃個飯。

這一天總算就要到來啦，真是太高興了，奶奶這麼說。

可是，沒有一個人提到我的親生母親。無論爺爺或是奶奶的態度都很堅決，完全無視這個人存在。

沒錯，這兩位是在我年幼時便已經去世的父親的雙親。

已經好久沒有這樣睡在老家自己房間的床上了。

當年喜歡的約翰・藍儂的諸多海報仍然貼在牆上，已經被日光曬得泛白了。升上國中時為我買的書桌仍然穩穩安置在原處，那熟悉的感覺令我心頭澎湃。

拿出折疊整齊、洗得乾乾淨淨的舊睡衣換上，肚子飽飽的，讓我忘卻許久以來的虛弱疲憊。

忽然間，我想到：「或許真該聽從本先生的建議，利用累積下來的有給休假，把工作放下一段時間比較好。」就算預留可能將在近年前往蜜月旅行的份，搞不好還可以休將近一個月。

可笑的是，由於狀況多少較為改善，才迷迷糊糊發現自己有多虛弱疲憊，而且竟然還逞強當作沒事去上班。

如果不要堅持己見，去找本先生商量，那也不是不可能的事情，再說現在也並非工作特別繁忙的時期，搞不好真的會獲准，我興致勃勃地這麼盤算。

那樣的話，我就可以隨自己高興何時就寢何時起床，偶爾為小裕做一份他最愛的純手工義大利麵，過一陣子這種悠哉的生活似乎也不錯。既然遇到了如此難得一見的事情，享受一下這一點待遇應該也不為過吧。搞不好在旁人的眼中看來，沒有這麼做反而比較奇怪吧。

大概，我自認為完全沒問題，結果卻那樣大哭大叫，這就是問題。那一回是運氣好才得以無事收場，如果對方不懷好意的話，我可能真會被炒魷魚。是不是再怎麼小心謹慎也不為過呢？

由於回到久違的老家，我的心情就這樣逐漸放鬆。甚至還覺得納悶，為什麼以前就不會這麼想。

忽然想起曾在書上看過「受虐兒能夠將自己身體的痛與心切離」這種說法。自己不明白自己處於虛弱的狀況，而且肝臟尚未完全恢復實在是無可奈何，但我竟然對這虛弱疲憊有種罪惡感，莫非也是同樣的道理？想到這裡，心情頓時往下沉。

我的父親，在我這個獨生女四歲的時候因為心臟病突發去世。他在爺爺經營的公司裡擔任重要幹部，聽說那一陣子非常忙碌。

我的生母是個比父親年輕了二十歲的千金小姐，據說幾乎不曾做過家事，也從不曾在外面生活過。雖說這門婚事是因為懷了我才獲得同意，可是聽說直到生下了我，她都沒有清楚意識到自己已經為人母親。抱著我的時候，看起來總是像在抱別人的孩子一樣。

唉，畢竟這些都是從祖父母那裡聽來的，想必充滿了偏見吧。

由於完全不相信父親與過於孩子氣的母親一見鍾情這種草率的婚姻觀，爺爺和奶奶原本並不贊成這樁婚事，已經有隨時要收養我的萬全心理準備。

可是很奇怪，我的心裡並沒有悲傷的記憶。

記憶中曾看著因父親去世而哭泣的母親，自己也跟著一起哭。也有她溫柔地抱起我，跟我臉貼臉，或是手牽手一同睡覺的記憶。母親皮膚白皙，嗓門非常大，體態豐腴，腰有點粗。

還記得她曾為我唱搖籃曲，也曾一同跟著電視歌唱節目唱歌跳舞。

所以，並沒有壞印象。為什麼會這樣呢？

可是，據說現實狀況並非如此。

究竟何者為真，我已經無從得知。到底有多大部分是事實，又有哪些是我自己捏造出來的，老實說我也搞不清楚。

但是有一件事情，可以確定是事實。我由於身上似乎隨時都有瘀青或是燒燙傷的痕跡，所以在托兒所裡成了必須特別注意的人物。

有一回狀況嚴重到骨折，在醫院似乎因為擔心而啜泣的母親，卻當場遭到逮捕。

於是，我出院後立刻就被爺爺和奶奶帶回去撫養了。

因父親去世而失去新保護者的母親，或許應該帶著我回娘家去才對。但是很不巧，母親的妹妹在那時候結婚搬回娘家住，與妹妹感情不睦的母親因而賭氣沒有回去。但是，母親並沒有獨力妥善扶養我的自信，精神狀況在壓力之下變得相當不穩。

之後聽說因為裁定入院等諸多情事，母親便永遠從我的人生之中消失了。我想應該依然健在，多半是回到娘家或者再嫁吧，可是不論爺爺或者奶奶都大為光火，怎麼也無法原諒我的母親。斬斷關係，只當作是個不存在於這個世界上的人。

至於我，唯一能夠回報他們兩位盲目厚愛的方式，就是接受這一點。

即使如此，如今我仍然依稀記得兒時與雙親一起生活，那美麗的家的氣氛。白色的牆壁，花瓶裡總是插著花，氣派的真皮沙發，窗簾是藍色的。

哪怕是記得悲慘的遭遇也好，我經常這麼想。那樣的話，我還可以去恨、去怨。

骨折的疼痛依然記憶如新。當時我因為某事嬉鬧到嘔吐，而後就是那股疼痛，接下來的畫面就是母親哭著賠不是的身影、母親身上酸酸的汗味、被人緊緊抱住，救護車的聲音、被大人問東問西，就只記得這些事情而已。

只是這樣就要我去懷恨，好像很難吧。

迷迷糊糊正要睡著的時候，行動電話響起。

「睡了嗎？」

接起來一聽，是小裕的聲音。

「嗯，老人家比較早睡，我也跟著配合。」

「不好意思，我才剛剛回到飯店。老家那邊怎麼樣？」

「嗯，好像又變回小孩子了。好多我愛吃的東西，可能都變胖了呢。」

我繼續說道。

「小裕，現在，方便講電話嗎？」

「沒問題啊。只不過我只穿著一條內褲，得邊換衣服邊講就是了。」

「嗯，別著涼了。跟你說喔，我的身體狀況好像並沒有真的完全復原耶。」

我說道。但因事涉自己的工作及相關責任，在作家先生家中那部分還是予以保留。

「之前主管跟我說，不妨休息一陣子。所以呢，我正在考慮是不是真的該這麼做。」

「那不是很好嘛。如果可以的話，那麼做比較好。其實，出院之後立刻回到工作崗位，看起來似乎有點逞強。如果想要長久工作下去，在可以休息的時候休息，我認為也是工作的一部分。」

「雖然時間晚了些，可是我終於可以思考是不是該這麼做了。」

「是啊，因為出事之後，妳一直顯得很虛弱，虛弱倦怠的時候，也會沒有辦法好好思考事情。」

他說。

「所以呢，也不是說順便啦，可是我們何不趁這個難得的假期結婚，然後去度蜜月呢？雖然說提早了一些。」

「咦？可是我們之前不是決定，要先同居一年試試看的嗎？當時你也同意的。」

嚇了一跳的我這麼說。

接著，我赫然發現，自己的個性相當固執，一旦決定的事情就無法改變。而且還發現，對於這種過於頑固的部分，周遭的人也不會多說什麼。

柔軟，有如一陣舒爽的漣漪朝我的心湖混漾而來，小裕幾乎在同時這麼說道。

「妳啊，之前可是差點連命都沒啦。」

小裕顯得有些詫異。

「發生了那種事情，天下太平的時候決定的事情仍無論如何都要遵守嗎？怎麼這麼頑固啊。」

「也對啦。」

我老實地這麼說。

「妳總是想太多不切實際的事情，把自己當成了局外人。」

小裕說道。

「反正要請的是有給休假，一來經歷那件事情之後身體也需要休息，再者如果再加上要結婚這個理由，應該更容易獲得准假吧。那麼，我們可以去夏威夷。」

「熱海也不錯呀。」

「地點可以再討論。如果是兩個禮拜的假，我這邊隨時都可以請得到，如果不舉行儀式的話，找個假日辦個餐會就好。嗯，這些細節等我回去再來好好討論吧。」

可以聽到小裕在電話那頭窸窸窣窣更衣的聲音。

我的眼前浮現在單人房裡，半裸著身體談論結婚話題的小裕的畫面。

「嗯，好吧。謝謝，晚安。」

「晚安。」

不論過於謹慎、不懂得轉圜、無法讓自己清楚為人所了解、或者是非常懼怕幸福，莫非都是因為記憶模糊不清呢？我這麼想。

只不過，擁有清楚的三、四歲時記憶的人也難得一見。

與生母斷絕關係自然是令人傷心的事情，但一來有相應的重大理由，而且對方也未曾主動連絡，想必已經展開自己的新人生了吧。如果那樣快樂的話，我覺得也是好事。

即便是準備結婚，我也很清楚爺爺奶奶絕對不會想讓母親知曉，因為她已經自我的人生之中除名了。

我一直認為，只要當下能夠像這樣好好的就足夠了。所以，沒關係，我一如往常這麼想。

我因為自己一直受到命運擺佈，所以覺得，只要今後能夠過著幸福平凡的生活就足夠了。我甚至覺得自己有這樣的權利。

可是，哎，擁有一個像這樣出差在外都不忘打電話回來，如此專情的男朋友，而後又為我做了相當正確的分析，讓我不禁會懷疑自己是否夠資格。對於自己再怎麼忙碌都會配合小裕的時間就寢之類的事情，反倒不覺得有什麼不對。

我曾經想過，這應該與母親的事情有極大的關係。

就連我自己也覺得無可奈何。

所以，有時會覺得苦悶，或許哪天就會因為無法承受而失控。我的行為，似乎連我自己也搞不太清楚。

萬一，萬一我再次出現無法預料的爆發，那怎麼辦呢？若是像山添先生那樣潛藏著破滅的期望又該如何？萬一自己當了母親之後對孩子施加暴力的話呢？萬一那個樣子我自己也無法克制的話呢？萬一我對小裕說出傷人的話呢？

休假、結婚、以及人生等等問題在我的腦袋裡打轉，由於上床的時候並沒有熄燈，這樣下去的話一定會亮著燈就睡著，還是乖乖關了燈睡吧，想到這裡，思緒已經完全偏離了與母親有關的事情。於是，我起身熄掉電燈。

自己許久未回來住的房間裡灰塵很多，令我喉嚨有些疼，於是打開窗戶讓空氣流通。新鮮空氣迅速流入房間裡，從黑暗的窗戶向上望去，天上美麗的繁星正在閃爍。哇，好美啊，我心裡想。肺裡吸滿清新的空氣，體內產生一股清涼而神聖的感覺。

腦袋裡之所以會充滿不安的思緒，想必是因為空氣不好的緣故吧。

聚積在肝臟裡的，或許是原本悄悄沉睡在我體內的毒，以及遭到公司開除的山添先生所下的毒。這個世上充滿了這類令人感嘆的故事。由於某種機緣，他與我發生了獨特的連結，有某種東西以毒的形式在體內流竄，不斷消耗我的精力。

可是我運氣不錯，其中仍然滿是小小的幸福。

經過休養，身體狀況恢復的話，負面的想法應該也會消失吧，就如同這空氣，清淨的血液將在體內四處流動，我一定會變得比原來更好。如果陳年積毒也能夠全部隨之排出就好了。不論從什麼時候開始都可以。

於是心滿意足的我關了窗，用溫暖的棉被裹住身體，睡著了。

就這樣，我做了很不可思議的夢。

我身處兒時實際住過的，那有如夢幻的家的客廳裡。

在白色的桌邊，「我，以及我真正的父親和母親」一同吃著晚餐。電視裡的新聞節目正在播放傍晚時段熱鬧的專題報導。

雖然父親的臉看不太清楚，但是他身上的西裝已經換成了舒適的衣物，一派悠閒地坐在那裡。可靠，讓人感覺到堅定深厚的愛意，坐在那裡。

我呢，乖乖坐在自己的小椅子上，用自己的湯匙扒著飯碗裡的飯來吃。印有小象圖案，可愛的兒童碗。

爸爸和媽媽甜蜜地聊著。我一會兒看看電視，一會兒看看兩個人的模樣，一口一口吃著晚餐。

米飯裡摻雜著少許有顏色的，另外一種米。那叫做紫米。夢境中的設定，母親非常注重健康，經常將各種這樣的米摻雜著一起煮。

發現這件事情的，是母親還有我，而且幾乎就在同一時間。

飯裡的紫米竟然有長腳。

「怎麼回事，妳的飯裡怎麼有那些東西？我今天煮的是白米飯呀！」

嚇了一跳的母親這麼說。

「那是蟲子呀，不可以吃！快點吐出來！」

母親說著伸出手掌，我渾身一顫，連忙將飯吐在她的掌中。接著，我將整個碗啪的一扔，跳到母親的大腿上。

「媽——媽！媽媽！媽媽！」

我抱住母親，緊緊摟著她的脖子。

母親完全不在乎我吐在手中那坨嚼得稀爛、裡面有蟲子的飯，將之擦在抹布上之後，緊緊抱住我。

「對不起，我完全沒注意裡面竟然有小蟲。」

母親心疼地這麼說。

「對不起啊，嚇著妳了吧。是媽媽不好。」

父親笑咪咪地看著我們母女。

「妳呀，把蟲蟲先生吃掉啦。」

他說。

「竟然發生這種事，說句玩笑話，這可真是傑作啊！」

「搞不好你也吃到啦。」

「煮過的沒關係啦。」

「討厭啦。」

「妳呀，就算再怎麼不會做家事，至少米飯要用新米來煮吧。是不是用了陳米啊？」

「對不起啦，我真的是犯了個大錯，好啦好啦，我保證絕不會再出現這種事情，放心。發生這種事情，絕對不是因為媽媽討厭妳喔。純粹只是因為不會煮飯，出了差錯而已喔。我最親愛的小乖乖，對不起噢。」

母親說道。

於是我破涕為笑，雖然覺得喉嚨很不舒服，可是母親的大腿和脖子很溫暖，所以我一直這樣坐在母親的腿上讓她緊緊抱著。

醒來的那一刻，摟著母親脖子的手、挨著的胸口，都還殘留著清晰的觸感。那感覺令人眷戀，於是我哭了起來，過去的人生之中從來未曾如此哭過。在老家的房間，就在爺爺和奶奶的臥室隔壁，痛哭失聲。

就連失戀的時候，我都不曾哭得如此傷心。當然，即便是在作家先生的家裡，也沒有如此毫無顧忌地哭個不停。

這個夢純粹只是夢而已，其中的情景攙雜了最近發生的各種事情，當然，我很清楚那並非實際發生過的事情。

可是，我還是哭個不停。

是遭到虐待又被母親遺棄，可憐的我令人辛酸，抑或不在意這種遭遇，一直努力過好自己的人生而令人心疼呢？

這些成分當然都有。

可是，這場夢，是一場彷彿能將一切都消除殆盡的夢。一場彷彿能將我真實的記憶，那模糊不清但應該確實曾經發生過的兒時可怕、痛苦的回憶完全消除，甜美而安詳、帶有真實味道的夢。夢境中的家庭氣氛無比溫馨，柔和，令人感覺幸福彷彿化為光團充滿了每一個角落。

其實，父親根本不願意拋下家人死去，而母親，其實也不願意傷害我。至於我，則希望全家人能夠永遠生活在一起。

那三個人的，絕對無法實現的愛之城的情景，全部，全部都納入那小小的夢境之中了。

就如同果樹在秋天結實一般，真正的渴望已經在那夢境之中呈現。

不必擔心，那三個人，將永遠活在方才的夢境之中。

就如同我現實的人生，一樣真實存在。

淚流滿面的我邊啜泣心裡邊這麼想。的的確確是這麼想的。

那流個不停的熱淚，沖去了我心中的毒，這一次我真的可以開始自己的人生了……我這麼認為。

即便那是謊言也好虛幻也罷，我就是有這種感覺。

不久之後，奶奶應該就會起床，然後便會傳來味噌湯的味道吧。爺爺應該會開始做晨間操吧。就在那之前再睡一會兒，然後在晨光中醒來吧，彷彿過去積存在體內的毒由於遭到下毒而連帶一齊浮現，已經隨著那眼淚一同排除，眼睛紅腫的我，再度昏沉睡去。

於是不久之後，我便完全康復了。

雖然以長遠的眼光來看仍未可知，而且大概沒有哪個人的人生之中不會遭遇問題吧，或許哪天自己心中又會冒出來那樣的動搖，這也說不定。或許哪天身體狀況不佳，又會出現失控的情形也不一定。不過呢，這種不安並沒有造成影響，日子平靜地一天天過去。

一個月後，我請了假，與未來的家人一同舉辦了和樂的餐會，翌日上午便和小裕一同前往區公所辦理結婚登記。

而後，蜜月旅行去了夏威夷，曬得一身健康的古銅色，胖了兩公斤回來，帶了紀念品送給光子，還與她一同去員工餐廳吃午飯。

工作也完全恢復正常，每天都相當忙碌，同事們還戲道：「感情由於去鬼門關前走了一回而升溫，還當了新娘子，真是因禍得福啊。」

為什麼會發生那件事情呢？我經常會這麼想。

如今回想起來，當天的事情全部都發生在轉瞬之間，似乎無論如何都沒有辦法阻止。

感覺事情的經過就如同魔法一般，在不知不覺間往下發展。而且，事後來看那究竟是嚴重抑或並不嚴重，就如同做了一場奇怪的夢，怎麼也弄不明白。

當然也會後悔。

那個時候，如果再多注意一點的話，那個時候，如果選擇了不同的餐點的話。如果再晚個五分鐘進餐廳的話，就什麼事情都不會發生了。就只需要像過去一樣繼續過我的日子就好。

我從來未曾想過，在遭遇絕大部分災厄的時候，人竟然會覺得，尋常的日子即便過於平淡無奇也都是好的。

這次經驗，讓我得以親身去體會，身體狀況變得似差非差是一件多麼糟糕的事情。就如同持續微微發燒的感冒症狀，既非下不了床，不是無法工作，也不是不能笑不能哭。只是一直覺得虛弱倦怠，腦袋好像麻痺了一樣。所以根本就沒有辦法思考什麼事情該怎麼做。可是我知道，在頭腦恢復清楚之前只能夠忍耐。

但不管怎麼說，我這個人向來不太回頭看過去，也沒有習慣對未來做種種思考。所以從未料想到，自己心中竟然隱藏著有如荒涼淤塞的沼澤的陰溼部分，而且經由這麼一次偶然，有一部分露出了表面。

那些日子，那個夢，將我心中的什麼東西挖掘出來，並加以改變。就如同被人飼養的小鳥無意間飛出了牢籠，由於那次事件，當時的我在不知不覺間，來到了原本熟悉的世界之外。

外面黑暗，呼呼颳著風，天上星光閃爍。

如今，我依然會想，反正最後終究要回去人生這座牢籠，我這隻小鳥短暫來到外面看看，究竟是不是件好事呢？

可是，不論何時回答竟然都相同。

「能那樣真是太好了。」一個溫柔的聲音傳來。

不知從何而來，不斷重複，宛如搖籃曲，宛如在肯定我仍然活著。那聲響聽起來，就如同初春草木一齊萌芽，全部轉為嫩綠的時候那般，溫柔卻勢不可當。

於是我稍稍閉起眼睛，對於之前經由奇妙的過程，從外面看到的自己的世界予以肯定。接著，為那些在過去某一時刻離別的人祈福。

其實應該能夠以另外一種方式一同生活，可是不知怎地卻無法如願以償的那些人。親生父母、昔日的情人、不再連絡的那些朋友，或許，其中也包括與山添先生的緣分吧。

在這個世界，由於是以那種方式相遇，我與那些人無論如何都無法順利相處下去。

可是在某個遙遠的、深之又深的世界，想必是在一處美麗的水邊，我們彼此都帶著微笑，只會互相體貼，一同度過美好的時光，一定是的，我的心裡這麼想。

一點也不温暖

最近這五年左右，我主要是靠寫作小說維生，因此養成了深入觀察事物，探究最深層部分的習慣。

試著探究事物的內面，與以自我的見解看待事物，是截然不同的兩回事。雖然自我的解釋、厭惡感、感想等等會不斷湧現，但是要儘可能將之排除，並不斷地向內深入。

只要這麼做，就會在不知不覺間溯及事物最後的景色。那不動如山的，該事物的最後景色。

一旦抵達該處，空氣將變得靜止，一切都變得透明，心情也不由得隨之變得浮動。但出乎意料的，並不會冒出什麼感想。

雖然會強烈感覺到形單影隻，但是我知道，在某時某地一定曾有人用相同的心情看過這樣的風景，所以又會覺得自己應該並不孤單。

可是，我完全不知道這樣究竟是好是壞。只是去看，並且去感覺而已。

我出生在一個有大河和山的城鎮，沒有兄弟姐妹，是家中的獨生女。

父親賣掉祖父遺留土地的二分之一作為資金，開了一家書店，母親則在店裡幫忙。父親是個愛書人，對圖書知之甚詳，店內貨色齊全足以滿足書迷胃口，因此在半滿足嗜好之餘顧客也絡繹不絕。

由於住家就在書店的二樓，我自幼就在書籍的氣息之中成長。那是一種存放大量紙張之處所特有的乾燥氣味，以及會將聲音吸走的特有寂靜。

因為身體孱弱，和鄰近的孩子們到外面玩也不覺得多有趣，我的少女時代大多待在房間閱讀從店裡悄悄借來的各類書籍中度過。

從房間的窗戶可以看到河。

河流是神祕的，任何時刻都潛藏著令人不寒而慄的恐怖。即便是晴朗的日子河水潺潺流動，陽光在水邊閃耀襯托出形形色色植物的盎然綠意，不知怎麼的，我卻總會聯想到黑暗深沉令人毛骨悚然的事物。

即使如此，偶爾因旅行等原因前往其他城市，沒有河川的景色卻總讓我覺得乏味。

或許是我生性文靜，所以喜歡看會動的東西。

成年之後，我曾為了學習法語而前往巴黎留學數年。那是因為我喜歡法國文學，無論如何都覺得一定要看懂原文，還有，喜歡法國文學竟然沒去過巴黎，就好像經營義大利餐廳的人沒去過義大利一樣（然而這樣的情況很多），讓人覺得丟臉。

那個時候，我發覺自己是多麼容易適應有河流經的城鎮。

而且也發覺，在咖啡廳看著人來人往，就像看著河水流動一樣。

而這一定得是擁有歷史的城市才行。

現代的人，在造型厚重與顏色令人敬畏的古老建築物面前來來往往，正是河川的模樣。

於是，我發現。

河川的恐怖，正是時間流逝的無法測量和可怕。

同樣的，我也曾一直思考有關燈火的事情。

因為閒暇時間多，所以我會一直抱持著疑問，思考同一件事。這樣的人在日本可說少之又少，沒什麼容身之處，但出國留學一看，才知道原來這種人非常多。若是一個人得以窮究自己獨特的嗜好或強迫性觀念而不被視為不祥，就會覺得越來越輕鬆自在，從那之後，我便不再認為沉浸在近乎無益思考中的自己是可恥的了。

如此一來，世界便突然擴展變成一片桃色。

平常我所處的世界是桃色，遼闊的空間向遠處延伸，有可以盡情呼吸的空氣，形形色色的事物以令人目眩之勢時而開展時而閉合。

雖然與他人打交道時，那世界會稍微變得狹窄，但是只要立即返回自己的世界就好，並不會覺得痛苦。

就這樣，我成了小說家，終於找到屬於自己的位置。

在小時候讀過的圖畫書中，遠方的燈火永遠是溫暖的象徵。

好比在山中迷路時發現的燈火，或者隻身在外漂泊，忽然因為別人家中的聲響、談話聲或燈火而勾起鄉愁，諸如此類。

當然，接下來劇情急轉直下，發生種種可怕事情的故事也不算少見。但是，看見燈火時的那種心情是具有普遍性的。是國際共通的，永恆的溫暖。

關於這件事情，我有個複雜的回憶。

小時候，我只有一個朋友。因為是個男孩，或許也可說是我的初戀。

他叫做誠人君，非常乖，非常文靜，同樣是身體孱弱，是一家和菓子老鋪的少爺。只不過較誠人君年長十二歲、生性活潑而且才華洋溢的姐姐，非常喜歡和菓子的世界，並且對於繼承家業表現得興致勃勃，所以他在家中就像個無用之人，被當作純粹只是可愛而已的老么而備受呵護，於是養成了日益柔弱和可愛的性格。

還有就是，詳細情形我並不是很清楚，只知道誠人君其實是小老婆所生，但因男孩子不能流落在外的觀念，所以花了一大筆錢把他帶回家。

照理說這種情況應該會心存芥蒂，但是誠人君的父母親都是相當有修養的人，他們對誠人君卻沒有絲毫差別待遇。誠人君與其他兄姐一樣非常受到疼愛，有點像是家中可愛的寵物，溫暖了大家的心，讓大家的心凝聚在一起。

不過再怎麼說，我認為那都是因為誠人君是個討人喜歡的傢伙。

那天使般的模樣以及無微不至善解人意的個性，可以打動所有的人。

比如說，幫傭阿姨用力打死蟑螂的時候，誠人君就會淚眼汪汪在一旁直盯著。而後還會發表諸如：「我覺得，我的生命剛才和蟑螂的生命交換了。」之類不凡的感想。

他的母親經常跟我母親說：「這孩子天生就具有慧根，若是出家修行，或許身體會變得比較健康，搞不好還能成為一位高僧，到了適當的年齡而他自己也不排斥的話，我想把他送到廟裡去。」

在庭院幫忙除草時，誠人君也總是非常小心、非常小心地把草連根拔起。所以只要是誠人君經手的地方，就會顯得神聖而整潔，而且瀰漫著一股無人不自在，彷彿有陣清爽的風吹過的氣氛。因為唯有那裡在自然與人類的巧妙合作之下而顯得如此美麗。

我從家裡拿了各種漫畫和書去誠人君家玩，那是我們共度時光的方式，同時也是我們友情的全部。

還有就是，我們有時會手牽手去河邊散步，不吵架不打鬧，也不唱歌。只是散步而已。

誠人君微微出汗的手，在我手裡總是感覺又小又軟而且乾燥。

我總是不禁會有一種「非得保護他不可」的念頭。

「光代，妳的身體裡可以看到一種圓圓的、很漂亮，但是有點孤單的東西。感覺就像是螢火蟲一樣。」

某天誠人君竟然這麼對我說。

「這東西一直都在嗎？」

我問。

「也不是，只會在安靜的時候出現，我很喜歡看呢。」

雖然不是說我長得可愛之類的令我有些失望，但是這句話仍然如同愛的告白一般令我高興。

因為這也讓我明白，原來有兩條超乎想像的濃眉的誠人君，經常會眉毛變成一道美麗的直線，用兩個清澈的大眼睛出神地看著我，是在看類似我的靈魂之光那樣的東西。

因為如此，我覺得那些諸如遭到綁架啦、功課沒做啦，還有當時失和的父母若是離婚的話該怎麼辦等等煩憂之事，都會立刻被隔離開來，而自己是被守護著的人。

被強烈、明亮的桃色光芒守護著。

直到很久以後我才發覺，原來那是我本身的亮光，而誠人君因為喜歡那亮光，所以一直為我守護著。

從誠人君家門前經過時，只要看見那巨大宅邸的窗戶一扇扇亮起了燈，我就會覺得安心。

居住在裡面的是，一個長久以來屹立不搖的家族。有些事情，即使成員更替也不會有所改變。

他們家雇用了許多和菓子師傅，每逢茶會或是國定的節慶活動，總是忙得不可開交。即使偶然搞婚外情的一家之主在外面生下了誠人君，家族中仍有一股寬大包容和吞沒事件的強大力量。有爺爺和奶奶，有父親和母親，以及孩子們。在那燈火中，這種形式無論如何都會一直延續下去吧。

我有這樣的感覺。

我家只有親子三人，而且父母親都是從外地遷來，附近並沒有親戚。所以，他們那彷彿有某處凸起就會有另一處配合凹陷，有如有機體一般的家族結構令我覺得非常可靠。

有一次書店打烊後，一家三口圍著餐桌吃飯，我突然因為家中人口過於簡單而感到害怕。萬一父親得了癌症怎麼辦？萬一母親因為過度操勞而倒下怎麼辦？如果發生的話，這樣的幸福……電視的聲音，餐具的碰撞聲，還有穿插著沉默的閒談聲音，將全部消失。因為我覺得，這種事情很容易，而且隨時都可能發生。

在誠人君家，在他的曾祖父過世後，人口依然眾多，即便雙親在外忙碌，幫傭阿姨仍會點亮燈火並準備三餐。

可是，我家就只有三個人。實在太容易因為變故而瓦解。我的心裡這麼想。

不過，誠人君的看法似乎並非如此。

「今天我要去妳家玩喔。」

每次他在電話中這麼說時，我總會表示：

「為什麼？你家不是比較大，而且又有高級的點心可以吃？」

而誠人君會這麼回答：

「可是我總覺得，在妳家會比較安心呀。」

於是整個下午，我們會一直待在我那髒亂的小房間看書，吃我母親做的硬梆梆又不可口的點心。什麼安心啊，兒時的我這麼想。

年紀小又不知人間疾苦的我，當時還無法了解誠人君的家有多麼複雜。因為富有，所以態度冷漠、只注重形式、見錢眼開……這種尋常的模式完全不適用於誠人君家。如果是那樣的話，或許直覺很強的我還能夠理解。可是，他家仍充分保有大家族感情深厚這個優點。

話說回來，他家也的的確確帶著生意人特有的複雜所造成的微妙陰影。

至於我家，人口簡單，維持著單純的生計。這種感覺對誠人君而言有多麼可以信賴，如今回想起來，甚至會令我不禁掉下眼淚。

有時候，在好天氣的傍晚，金星在天邊閃爍的時刻，看著家家戶戶的燈火，憶起誠人君說過的話，總會讓我忍不住哭出來。

「每次傍晚從妳家下樓要回去的時候，都會看到妳爸爸，店裡有幾個客人，還聞得到書本的氣味，應該每天都是這樣吧，還有就是，廚房的窗戶透出燈泡的黃色亮光，裡面傳出來的是妳媽媽準備晚餐的聲音對吧。我喜歡在回家的時候看著這些景象。」

最後那個晚上，誠人君不想回家。

因為他極度不想回家，甚至連我媽都打電話到誠人君家裡問是否能讓他在我家過夜。這對於總是按時回家的誠人君來說，很不尋常。

由於我父親出過幾本有關古籍的書，偶爾也到大學去講課，因此似乎並不受誠人君家族多半存在著的「社交準則」所限，他的家人總是對我們家非常客氣。

但是那一天，誠人君家裡卻表示次日大清早有個聚會，很多親戚會過來，希望誠人君那一晚務必回家早早就寢。而且，稍後會有幫傭阿姨過來接誠人君回去。

幫傭阿姨到之前的那幾十分鐘有多難熬，我真不知該如何形容才好。

誠人君把臉埋到我的胳臂。攤開的書仍然擱在腿上，就這麼一直挨著。他並沒有哭，只是緊緊挨著我，有點像是小狗蹭著人那樣。帶著溼氣的鼻息溫濕了我的衣衫。

「我不要回去。我好害怕。」

誠人君說。

雖然我輕撫著誠人君柔細的頭髮，一再跟他說別害怕、不會有事的，卻也明顯感覺到空氣沉沉地壓了下來。彷彿有不祥氣息在窗外窺探。我和誠人君，彷彿與這個世界的光線、蜻蜓的透明翅膀、和菓子所展現的美麗四季、河岸粉嫩的櫻花、即將品嚐美食的心情、還有旅行前的興奮期待等等，這一切都隔離了，黎明彷彿再也不會到來。

「哪天我們結婚吧，這樣你就可以不用回家了。」

在那一陣子，我發現結婚是一件有決定性影響的事情，從而明白感情多少失和的雙親目前有何苦惱，或者為何誠人君的父親即使有外遇也沒有離婚，一大家子仍然照常過日子，所以無論如何得設法以世上的某種好運將誠人君留繫住，才會說出這句話試圖作為鎮石。

誠人君微微一笑，靦腆地說道：

「如果那樣一定很快樂吧。我們就可以永遠在一起看書、吃點心了，就像哆啦A夢和大雄一樣。」

「你說的那是男生之間的相處吧？」

我說道。自己一頭熱的浪漫念頭被澆了冷水，我很不高興。可是誠人君完全沒有察覺，自顧說下去。

「但是，那是我理想中的情景。他們兩個不是會拿個墊子躺著，一起邊吃銅鑼燒邊看漫畫嗎？」

「那種銅鑼燒就可以了嗎？誠人君。」

「是啊，內餡不必放丹波的栗子，餅皮也不必講究，一般的銅鑼燒就可以了。」

誠人君說道。

唯有這一刻，誠人君的臉上稍稍出現幸福的微笑。

那微笑就如同含苞待放的櫻花一般輕柔，甜美。

可是幫傭阿姨終究還是來了，誠人君非常難過，淚水在眼眶裡打轉，而後便頭也不回地在夜色中踏上歸途。

踏出的每一步似乎都非常沉重，無力地駝著背，背影顯得孤單無助。

而這是我最後所見的誠人君。

夜裡，從我家二樓的窗戶，可以隱約看見院裡大樹那頭，誠人君家的大宅邸。

不知怎地，只要看得到那燈火，我就能夠安心入睡。那裡住著那些人，長久以來，一直維持著穩定的生活，衣食無缺。那種形象甚至也守護了我。

但是，那一天，他家的燈火雖然照常點亮，但不知為何不像往常那樣令我安心。恰似傍晚時誠人君的模樣，沉重，孤寂，那電氣的光亮映照著庭院裡的樹木，感覺很不真實。

「究竟是怎麼回事？」想著想著，我睡著了。但是夜裡一再醒來，而且一直有種黎明不會到來的感覺。遠處，尖銳的救護車警笛聲劃破了夜空。

第二天早上，城裡出了一件大事。

誠人君的生母突然現身，要帶走誠人君，在大吵大鬧之中刺傷了誠人君的父親，並且將誠人君抱上車揚長而去，隨後跳下懸崖。誠人君就這樣被迫自殺，與親生母親同赴黃泉。

至於誠人君的父親，經搶救之後保住了性命。

令我覺得訝異的是，誠人君死了，就好像他的曾祖父過世的時候一樣，那一家人的生活竟然絲毫沒有改變。

這個不名譽的事件自然引起極大的騷動，全日本都報導了這則新聞。誠人君可愛的模樣引起大眾的惻隱之心，使得他們家一時之間成為全日本最知名的家族，而誠人君的父親則被新聞形容為全日本最可恥的父親。

這種狀況雖然讓他們好一陣子不好過，可是一切隨即穩定下來，和菓子的生意照舊，家族的生活也繼續維持下去。

但不用說，家族中每一個成員的臉上都永遠烙印著這起事件的陰霾。

誠人君的父親被刺傷腹部，好一段時間只能像個老人一樣弓著身子緩緩行走，其他家人則是一見到我就不斷掉眼淚。就連幫傭阿姨也哭了。他的母親每次見到我總會說：「讓我抱一下。」然後緊緊抱住我，他的哥哥姐姐則是變得沉默寡言。

儘管如此，他們在大街上的高級和菓子店，仍是照常營業，半點烏雲也沒有。

啊，原來所謂代代相傳的意義就是如此啊，我心裡想。

並不只是可靠，也非僅有堅強。

就如同一直在那裡的河川一般，將一切都吞沒，不停向前流去，彷彿事情從沒發生過似的。

如今，我已長大成人，在老家附近成立了一個工作室寫小說。由於單是這樣不足以餬口，我偶爾會到文化學校之類的地方講授法國文學，或者開寫作班。一個在巴黎認識的朋友在同一條街上開了咖啡廳，有時我也會幫忙找來在巴黎留學時認識的音樂家朋友在那裡舉辦音樂會。

即使如此，我都沒有交到像誠人君那麼要好的朋友，偶爾與異性交往，也不曾有過想和誠人君結婚那種程度的苦惱。

我不禁會懷疑，是否過於無瑕者，好比全身雪白漂亮的貓，翅膀彷彿透明的飛鳥，都註定不長命。

雖然精神層面如此高尚，但誠人君當時仍然只是個孩子。然後，還來不及長大，只說了：「我不想回去。」就告別了人世。這件事情一直留在我心底。

將來若是再遇見中意到考慮結婚的對象，我想把自己的小孩取名為誠人。

在老家，父親精神矍鑠繼續經營書店。店裡的古籍和新書各半，有自助的飲料可以喝，只看不買也無妨。而且父親很自豪地在店裡陳列了我的作品，讓我有些不好意思。母親的身體也依然硬朗，阿姨則是因為離婚回來店裡幫忙。

我的家人和書店都沒什麼變化一直安安穩穩，實在是出乎我的意料之外。

如今，我偶爾還是會從老家的二樓遠眺誠人君家的窗戶。

看著同樣為樹木所遮掩，樣子一直沒變的窗燈。

誠人君的姐姐繼承了家業，哥哥則負責會計和業務，他們家的和菓子依然暢銷不輟，至今仍是本地的名產。似乎有許多慕名遠道而來的客人。他的姐姐和哥哥也都有了孩子。想必他們之間也有種種爭執齟齬，但是一切終將隨時光的流逝沖散，一直維持下去不會有任何改變。

其中有關那消逝了的小男孩的事也完完全全被吞沒了。

「誠人君，為什麼燈火總會給人一種溫暖的感覺啊？我是說夜晚的燈火。」

那是個平日的午後，我枕在誠人君的腿上，然後這麼問。

誠人君並沒有嫌重，將漫畫擱在沙發靠背上，閉著嘴咀嚼我母親做的，硬得像是能崩斷牙齒的磅蛋糕。那用力咀嚼的聲響一路傳到了膝蓋，連我的腦袋都可以感受到震動。

「燈火一點也不溫暖吧。我是這麼覺得啦。」

誠人君說道。

透過窗戶可以看到外面的河水和柳樹，再過去則是附近的老舊商店，可以看到亮晃晃的燈光。

「是嗎？可是書裡面不總是說，寂寞的人在夜裡看見人家的窗燈，心頭就會好像被揪住一樣嗎？還有就是在現實生活中，傍晚天色漸暗回家的時候，如果看到亮著燈光，不是會覺得很安心嗎？」

我繼續說道。

「人啊，是不是自然而然就會覺得生活中的燈光象徵著溫暖呢？」

誠人君沉思了片刻，這麼回答。

「這個嘛，我是覺得，應該是燈火中的人，他們內在的亮光反映在外，才會令人覺得明亮而且溫暖吧。畢竟，即使電燈開著，卻令人覺得十分寂寞的情況也非常多啊。」

「人本身是明亮的？」

「人內在的氣，是會發光的。一定是的。所以才會令人嚮往，才會令人想要回家吧。」

的確有道理，好比樣品屋之類的地方，即使燈火通明，也不會讓人有什麼感覺，我很單純地接受了這個看法。然後，撫摸誠人君襪子鬆緊帶的部分，排遣無聊。

無聊，永恆，身為對誠人君而言最幸福的，在這世上一小段自在時光的伴侶……誠人君不是和其他人，而是和我在一起，我至今仍然感到與有榮焉。

朋朋的幸福

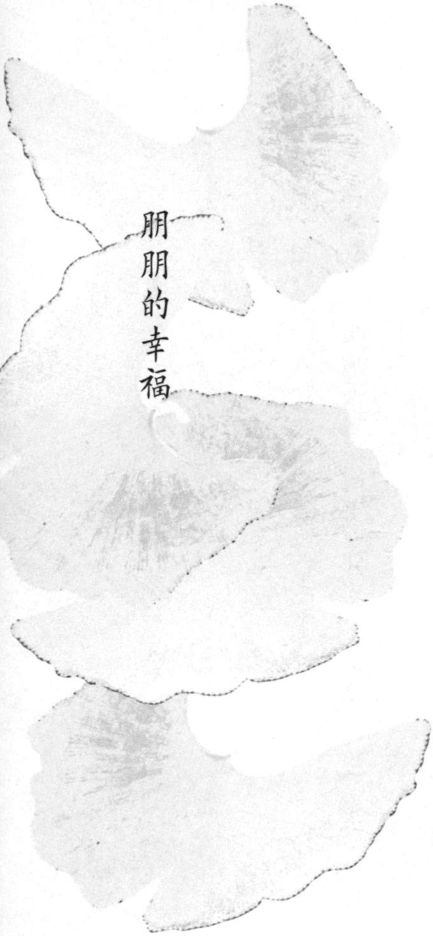

不覺之中等待了五年之久的事情，如今，已經有可能化為現實。心儀已久的對象，似乎開始回應了。

朋朋努力保持平靜。

怎麼說呢，因為朋朋的內心深處並沒有產生波動。

只是因為喜歡的人開始不時寄電子郵件來，會邀約一起吃飯，心裡覺得高興而已。

朋朋喜歡的人，在不同樓層的另一家公司上班。聽說是一家出版旅遊雜誌的公司，但是朋朋沒有什麼旅行經驗，對於相關事情可說是一竅不通，所以對那份雜誌並沒有什麼興趣。

在一家小設計公司包辦行政與總務工作的朋朋，坐辦公桌時總會收聽廣播節目。聽到喜歡的歌曲，有時就會到附近的大唱片行買張CD，在開車回家的途中反覆聆聽。有時候，還會用略帶鼻音的假音跟著哼哼看。哼著哼著，就會想起許多往事，於是就會駛往附近的河灘停下片刻，靜聽蟲鳴。

這樣保持安靜，對朋朋的心而言一直是非常重要的事。最近喜歡上的是一首稍微有些年分的歌，〈神龍帕夫〉。每次聽這首歌，一想到被傑基遺忘的帕夫的寂寞感受，朋朋就會忍不住哭出來。而且不是只流下幾滴眼淚的程度而已，是號啕大哭，所以平時都得努力不要讓自己想起這首歌才行。

這樣情緒的波動和變化，對朋朋來說十足就是一趟「旅行」，因此，朋朋沒有旅行的必要。就如同受朋友邀約同去洗溫泉見到絕世美景而感動一般。過去交過兩個男朋友，但因為朋朋不喜歡出門，感情進展都不順利。那兩人共同的感想是：這個女人怎麼如此頑固啊，守著單調的生活不肯改變，根本不知道腦袋裡在想些什麼。

一般而言，只要被強暴過，就會對男人產生戒心。

但朋朋並不會如此。

還有就是，那是發生在十六歲的時候，一個年紀稍長的兒時玩伴約她出遊，可是來到河灘時卻突然停車，將朋朋拉出車外性侵得逞，而且那是朋朋的第一次，但不知道為什麼，朋朋並沒有因此而厭惡河灘。

與此回憶相比，隨季節更迭而改變的景色、吹來的風、以及常去坐的老舊長椅冰涼的觸感，都更讓朋朋有所感觸。

當然，她十分厭惡那個男孩。

打從一起吃飯說起，那副吃相就讓人不敢恭維。吃東西怎麼這麼粗魯啊，朋朋心裡想。唏哩呼嚕好像把食物往嘴裡吸的吃法，讓喜歡細嚼慢嚥的朋朋全身發毛。

朋朋曾經和已經過世的母親在庭院弄了一個小菜園，所以養成了細心處理小顆蔬菜，三餐一定會吃四季豆的習慣，甚至連蘿蔔莖、乾皺的馬鈴薯，也都覺得扔掉太可惜。因此，朋朋覺得這個男孩相當討厭，但不知道是一時糊塗，抑或原有的些許好奇心使然，朋朋跟著男孩去了。對於只有十六歲的朋朋來說，和男孩單獨相處是一件新鮮事，雖然就某種意義上來說，試圖了解男孩子在想些什麼或許無聊，卻也非常有趣。好比手啦、喉頭等等部位長得不一樣，也很新鮮。於是就上了人家的車。

關於男女性事，過去已在電影裡看過，自然明白是怎麼一回事，但是這種經驗卻是既不喜歡也不有趣，有的只是不快和屈辱。只不過，這種下場可以說是咎由自取，雖然無奈，朋朋卻也坦然接受。

沒有任何宗教信仰，但是在某種意義上卻深信因果輪迴的朋朋，當時腦袋裡就只顧著想：「問也不問就霸王硬上弓，竟然如此不當使用自己的男性力量。對我做出這種事情，一定會遭到報應的。」結果在惡劣的心情下濕了股間。這是一個不具惡意卻強而有力的詛咒。

「你一定會遭遇橫禍的。」臨別之際，朋朋突然冷冷冒出了這麼一句。

那個男孩在隔週發生交通事故，手腳多處骨折，睪丸也破了一個，在醫院住了大半年。

「爽一次換半年啊。」對於此事朋朋就這樣奇怪地接受了。

究竟朋朋為何會喜歡三澤先生，而且還喜歡得不得了，連她自己也搞不清楚。

朋朋經常在大樓下面的一家喫茶店看見他。三澤先生年約四十，身材瘦高，童山濯濯，手指上長了濃密的毛。也就是說，外表一點也不帥。但是朋朋的視線就是無法從他的身上挪開。只要一看到他，立刻就會產生一種和他的外表截然不同的清爽感覺。

朋朋的個性是，不論做什麼事情都很花時間。

從第一次相遇到見面時會點頭打招呼，就花了兩年時間。

此外，三澤先生常在午休時和女朋友一起吃飯。

對於朋朋來說，那是個令人心痛的景象。因為兩人的感情看起來非常好。三澤先生的女朋友雖然稱不上是大美女，但討人喜歡，而且身材高䠷體態優雅，長睫毛大眼睛，看起來相當文靜。兩人雖然鮮少交談，可是臉上總是帶著笑意。

「他們一定會結婚吧，真令人羨慕。」

朋朋心裡這麼想。

這就是朋朋個性上有意思之處，在那兩人感情甚篤的情況下，自己就不會有主動介入，成為第三者的念頭。

由於經常打照面，而且總有一方會先點頭示意，只是這樣就夠令朋朋開心的了。

朋朋不喜歡奪取別人的東西，甚至到了有點潔癖的程度。

朋朋的父親，多年前愛上別的女人，拋妻別女另築愛巢。那個女人不怎麼討人喜歡，起初的身分是父親的祕書，藉此經常來家中走動。對朋朋表現得很親切，也時常幫母親的忙。

但是回想起來，因為從事室內設計相關行業，經常忙碌晚歸，在工作處所的廚房為父親做飯並且陪同享用的，是那個女人，甚至聽說那個女人還為此去上烹飪學校。每天以討論公事為由打電話來；父親感冒在家休養時，那個女人會帶水果來探視；母親要帶朋朋回鄉下外婆家過夜的時候，原本預定同行的父親，一定會突然有工作插入而爽約。

「就是會有這種喜歡橫刀奪愛的人啊。」

笑看此事的母親當時仍居上風。

後來，父親參加員工滑雪旅行跌斷了腿住院，當朋朋和母親趕到北海道的醫院時，看見那個女祕書年輕的身體正趴在父親身上啜泣著。她執起父親的手，磨蹭自己的臉頰。

「別哭成這樣，不過是骨折而已。」

父親憐惜的說著。

「怎麼會這樣？」朋朋心裡想。當場愣在那裡的自己和母親，在赴機場之前逛了好幾家店，仔細為父親選購營養品的兩個人，看起來反而顯得比較不擔心，世界上怎會有這種事情啊？心裡還想，如果不是對方這個樣子的話，父親怎麼會無法識破呢？

朋朋剛才在醫院一樓櫃台旁邊的餐廳，親眼看見那個女祕書邊抽著菸，邊用一隻手吃著蛋包飯，另一隻手拿著手機似乎聊著什麼開心的事。現在散發的氛圍卻和那時截然不同，轉換的速度之快令人訝異。但是話說回來，那女祕書並不難過這種事情也找不到對象可以訴說。只不過，朋朋確實是覺得這種行為有些卑鄙。

「真是不好意思，竟然如此失態。我是因為太過擔心才會哭了出來。」

女祕書說道。

「您對工作還真是投入呀。」

朋朋的母親冷冷地這麼說。朋朋最喜歡母親這一點了。在內心充斥著這種感覺之下，朋朋緊緊握住母親的手。在那個地方，朋朋和母親就好像是走投無路的遇難船隻。

「我以後一定要好好珍惜溫暖的東西，我一定要找到能夠識破這種詭計的男人，我絕對找得到這種人。」

朋朋這麼想，並且將病房中那種令人難耐的氣氛深深刻印在心中。

朋朋之所以會喜歡三澤先生，起因或許是聽到了他和女朋友的對話。

「我覺得，快要往生的狗和公司，優先順序自然是狗呀，因為公司又不會跑掉。只要平常認真工作，絕不會因為這樣而遭受指責的。」

三澤先生似乎為了守護愛犬嚥氣，向公司請了兩天假。

「嗯，我也這麼認為。」

她靜靜地點著頭。

「因為，在我還在當學生的時候，獅子丸就來到我家了。若是牠臨終的時候我沒有陪伴在一旁，我會後悔一輩子的。」

三澤先生說道。

這兩個人多麼登對啊，當時朋朋的心裡這麼想。但與其說是羨慕，不如說只是自己也想找一個那樣的人而已。

即便遇到年輕的異性投懷送抱就會暈頭轉向是男人的本性，但因此而落得被迫結婚，說來是父親沒用。

朋朋的母親並沒有立刻答應離婚。表示打算等三年，如果到時候人沒有回來，再離婚。

等待的那段期間，女祕書懷了父親的孩子。她一定是非常用心，絞盡腦汁努力，費盡心機哄得父親糊里糊塗，才能夠得逞的。

「妳這樣做到底是為誰而活？」

最後一次見到那女人的時候，朋朋這麼說。因為母親沒有和對方見面的勇氣，所以由朋朋代為出面。還帶了已經蓋好印章的離婚協議書。

朋朋雖然鮮少朋友，但是珍惜的東西卻多到數不清，好比同事啦、父母親啦、飼養的鸚哥啦、種植的黃金葛啦、愛情電影等等。對朋朋而言，珍愛的事物排列成完美的圓圈圍繞在身邊，這就是人生。

「沒辦法呀，非常想要的東西就想盡辦法去得到，是我的生活方式。」

女祕書說道。

啊，第一次聽到她說了實話。如果一直都是這個樣子的話，或許我會欣賞她也說不定。朋朋心裡這麼想。

一定是肚子裡的孩子讓她變得誠實了。想到這裡，朋朋便決定放手讓父親離開。朋朋甚至覺得，一來父親想要離開，而且對於原本就屬於製作人體質的父親來說，母親大概太過於完成型了吧，於是接受了此事。

有一段時間，朋朋因為電視廣告出現北海道而覺得噁心，而且還真的因此嘔吐。只不過想像那潮溼冰冷的空氣刺著臉頰，就讓她回想起那天病房裡的空氣。

來到自己理應最有權力停駐的場合卻覺得如坐針氈，而且還無法逕自離去，那種痛苦一點一滴逐漸再度浮現。

打從今年的春天開始，午餐時間只見三澤先生一個人出來用餐。朋朋隨即察覺此一異變。他的臉色暗沉，眼睛下緣泛黑，而且一點精神也沒有。

搞不好機會來了，朋朋心裡雖然這麼想，但是面對失意的人，還是不要冒然去打擾比較好……想到這裡，朋朋悄悄保持距離，先觀察一下狀況。儘管多少會擔心有人在這一段時間捷足先登，但是三澤先生日益削瘦，所以目前仍不適合採取行動，若是做出如此過分的事情，就如同拿飼料硬塞給生病的小鳥吃一樣，朋朋心裡想著，雙眼靜靜凝視著他。

並非如同鷹隼般盯著獵物，而是宛如守候花苞綻放一般，只是靜靜看著而已。

有一天，發生了那件偶然。

餐廳十分擁擠，朋朋和三澤先生，還有三澤先生的同事情侶坐在同一桌。

「不好意思，擠一下。」三澤先生對朋朋說。朋朋報以微笑，沒有說話。因為對方禮貌的態度令人想報以微笑。

起初，三澤先生和同事情侶三人聊著，朋朋小口吃著魚鬆飯，邊吃邊咀嚼幸福的滋味，後來那對情侶談起旅遊計畫，三澤先生一時插不上話，於是首度正眼望向朋朋。

「您是從事旅遊相關工作的吧？」

朋朋說道。三澤先生點點頭。甚至連他手指上的毛、留長的指甲都喜歡，朋朋不禁納悶，自己這種喜歡他的心情，究竟是怎麼回事呢？

那種感覺，對喜歡小鳥的朋朋而言，就好像連鸚哥的大嗓門也都可以接受一樣。

「請問，北海道有哪個地方是會令人不由自主愛上那裡的呢？」

朋朋問道。

「啊，這個問題簡單！只要嫁給我，到我的老家小樽去就可以了！」

三澤先生笑著說。朋朋的心臟差點蹦出來，但他卻似乎一點也不以為意，臉上一直帶著微笑。

「我是在小樽出生的。剛才只是開玩笑，不過，真的有非常多很不錯的地方。妳不喜歡北海道嗎？」

「是啊。去過一次，當時的印象很差。」

「的確會有這樣的情形。那麼，我就一定要扭轉那種印象才行。因為我最喜歡北海道了。」

三澤先生說著笑了，讓人非常有好感。那是打從心底希望別人知道北海道的好的笑容。朋朋告訴他自己的電子郵件信箱，於是兩人開始通信。

第一次一同用餐的地點是，距離公司所在的大樓步行約十五分鐘，一家雅緻的簡餐店。

儘管非常忙碌，三澤先生還是帶了一個公事包，裡面塞滿了溫泉相關資料、照片、以及他們出版的過期雜誌等等。

「只要稍微再走遠一些，就有很多景色優美的住宿地點可以選擇喔。是要和男朋友一起去嗎？」

三澤先生問道。

「其實，我原本是想帶母親一起去的，可是，她不久前過世了。我打算自己一個人去。這麼做的話，相信母親也會愛上北海道，並且升天成佛。」

朋朋說道。

「令堂是什麼原因去世的？」

「蜘蛛網膜下腔出血，發生得很突然。」

那天晚上，朋朋一個人趕到醫院，孤獨無助。心裡非常、非常想通知父親。

但由於已經許久未見，朋朋心中期望能夠到來的父親，已經不復存在，她的心中只有過去那個慈祥和藹的父親。如今的父親，只不過是和新的家人一同看電視享受休閒時光，別人的家人罷了。

鄉下的祖母和阿姨還要好些時間才能夠趕到醫院，而母親因為熬不過連續的發作，在朋朋抵達醫院的時候，便已嚥下最後一口氣。因為那是一所急救醫院，周圍人來人往慌張忙碌。見到有人被救護車送來，經治療後沒什麼大礙和家人一起回去的景象，朋朋忍不住掉下淚來。

因為朋朋覺得，如果可以那樣和媽媽一起回家該有多好。

可是，已經無能為力了，無可奈何，只能夠接受事實，朋朋不斷這麼告訴自己，在醫院昏暗的庭院裡倚靠著樹幹望向天空。樹枝和黑色的天空重疊成烏黑，形成如蕾絲般美麗的剪影搖曳著。而樹幹的表面是溫暖的。

想起了這件事，朋朋差點哭出來。

「這樣啊……真是難為妳了。」

三澤先生說道。

「我可以提供意見，讓妳有一趟美好的旅程。再怎麼說，我也像是個在旅行社工作的人。畢竟我們手邊的資訊可不輸他們呢。」

朋朋點點頭。

似乎是因為採訪必須東奔西跑，三澤先生擁有可靠的雙腿，以及可以輕輕鬆鬆攜帶沉重公事包到處走的體力。

雖然「如果和你同去北海道，我一定會愛上北海道的。」這句話已經到了嘴邊，卻說不出口。

僅是想像自己這麼說，朋朋就已經臉紅到了耳根。

接下來，換一個完全不同的話題。

以上所述並非朋朋所寫，而是出自一個窺探朋朋人生的小說家之手，不過實際上也並非該小說家自己所創作，而是某個更偉大的力量，為便宜行事，在此姑且稱之為神，是祂委託小說家所寫。

即便是此時此刻，世界上都有許多人發出「為什麼是我？為什麼只有我遇到這種事？」這樣的痛切疑問。是的，神不會幫我們做任何事。既沒有讓朋朋的父親覺醒，也沒有在朋朋遭到強暴的時候以天雷阻止，當朋朋孤零零地在醫院的庭院裡哭泣時，也沒有突然現身摟住她的肩加以安慰。

三澤先生和朋朋不見得能夠順利發展下去。或許會一起去北海道，可是當三澤先生看到朋朋瘦小的胸部和發黑的乳暈，可能會感到失望也說不定，可是朋朋身上那種不知從何而來的達觀特質，說不定也會吸引三澤先生。又或許，會完全受到那一分神祕感所吸引，兩人最後步上紅毯的那一端也說不定。但即使結了婚，朋朋也不見得會幸福。或許三澤先生哪天也會和父親一樣，跟別的年輕女人跑了。

總而言之，神只會袖手旁觀。

但是，那力量微弱實在不足以稱之為神的目光，卻持續注視著朋朋。並未以熱情或是眼淚來聲援，只是隱身起來，單純看著朋朋，仔細看著朋朋努力不懈積攢那些重要的東西。

看著因為父親被女祕書勾引，極度傷心，夜半輾轉反側的朋朋，看著她心痛，看著她蜷縮的背脊。也看著在兒時一同嬉戲的地方，遭到為逞獸慾的兒時玩伴推倒的朋朋，感受她當時接觸的堅硬冰冷地面的觸感，也看著事後獨自一個人走回家的朋朋，她那六神無主的悲傷表情。

而且，也看見，母親過世時，在極度孤獨的夜晚，朋朋在黑暗中被什麼所擁抱。那是天鵝絨般夜晚的光輝、輕風的撫觸、星光的閃爍，以及蟲鳴。

朋朋的內心深處明白這一切。所以，朋朋永遠不會孤單。

盡頭的回憶

那天和西山君在附近的小公園野餐。

起初似乎是兩人約了一起出去吃午餐，不過我想不起來細節了。

我用手簡單洗完了衣服，待在二樓無所事事。是因為沒衣服可穿了，才無可奈何洗衣服。把洗好的衣服晾在太陽曬得到的地方，深深呼出一口氣。就在那時，在開店前過來進貨和整理的西山君在樓下喊道：

「美美妳在嗎？」

「在啊——！」

「還沒吃午飯嗎？」

「嗯，還沒。」

「我也還沒。要不要去吃點東西？」

「好啊。」

其實心眼小的我，在這個地方每回要出門的時候總會想：「會不會遇上那個人啊？」而提心吊膽，但是只要有西山君在，我就會覺得放心。於是外出的欲望便油然而生。

披了外衣，素著一張臉，套上球鞋來到外面。

秋天天空的顏色是透明的，一片澄澈與景物整個溶合在一起，形成一種朦朧柔和的感覺，沒有清晰銳利的線條，撫慰著像是懸吊在半空中的我。

這樣走著走著，太陽讓身子舒服地溫暖起來。

在一個適當的時機點。

「天氣這麼好，去公園裡野餐怎麼樣？」

彷彿突然心血來潮似的，西山君如此提議。

於是我們在公園前面的一家漢堡店外帶了許多食物，坐在草地上吃。有薯條、熱狗、甜點、咖啡等等，東西多到幾乎吃不完。花費平均分攤，我們倆都愉快地付了自己那一半。

天空非常遼闊，陽光是金色的。行道樹仍然留有夏日的盎然綠意，靜靜搖曳著。

「真好，即使只是這麼一點點大自然，像這樣坐在地上，都會覺得食物變得更好吃哩！」

西山君說道，一副幸福的模樣。

我很喜歡西山君露出看起來幸福的表情。總覺得他的身上有種特別的東西。不用說，那自然與所謂的「幸福」有關，可是我實在無法清楚用語言來描述。

「哎，西山君，幸福對你來說是什麼樣的感覺？」

我問道。

「怎麼突然問這麼嚴肅的話題？」

西山君說。

「不，我的意思是，說到幸福，你會想到什麼？」

我說。

「美美，妳會想到什麼？」

西山君問道。

問別人問題可是自己卻回答不出來未免太奇怪了吧，我一邊這麼想，一邊等待答案從腦袋裡浮現。

大概等了有五分鐘吧。

兩人一左一右伸長了腿默默坐在草地上。偶爾吃根薯條。

「我呀，會想到大雄和哆啦A夢。」

我說。

「什麼嘛，那不是漫畫嗎？」

西山君說。

「我有一只小手錶，上面就有他們兩個在大雄房間的紙門前看漫畫的圖案。一臉開心的模樣。周圍有幾本隨手扔在地板的漫畫書，大雄趴在對折的坐墊上，手肘支著上半身，多啦A夢則盤腿而坐，邊看漫畫邊吃銅鑼燒。我一直覺得，好比他們兩個之間的關係啦，所呈現的日本中產階級家庭樣貌啦，還有多啦A夢在大雄家當食客等等，所謂的幸福，就是那樣。」

我說。

「那現在的我們，不就跟他們很像了嗎？妳呀，真的也是個食客。」

西山君說道。

「天氣晴朗，坐在溫暖的草地上吃著美味的食物，我們又這麼親密地坐在一起，實在是很愜意。」

「嗯，所以說，或許現在是幸福的。」

我說道。

但是我依然沒有擺脫被逼得走投無路的感覺。可是不知道怎麼回事，最近這一段被「就是現在，如果現在不面對的話，將來一定會傷心」的念頭逼得走投無路的日子，反而令我感到莫名的幸福。就連我自己都感覺得到。雖然不管看什麼都覺得悲傷，但是和前一陣子那種要死不活、渾渾噩噩的日子相比，被那種強烈悲傷所貫穿的這個世界，看起來已經變得清朗許多。

「我嘛……應該是自由的感覺吧。會覺得接下來不論去什麼地方做什麼事情都好，當然那並不是指在心情沮喪的時候。在那種時候，會覺得丹田湧出一股力量，似乎什麼地方都可以去。並不是真的要去哪裡，而是湧現那股力量的感覺是幸福的。」

西山君仰望著天空這麼說。

西山君俐落的體態，以及那不知不覺中令人感到自在、愉快的特殊力量，我覺得，應該是源自於他追求自由的態度吧。

如今我已明白。雖然處在最糟糕的情況下，其實那時的我，正處於無上的幸福之中。

甚至會覺得，可以將那一天、甚至是那一段時光裝進箱子裡，當作畢生的寶貝。「幸福」突然來訪，與當時的遭遇或狀況完全無關，幾近絕情地沒有任何關係。與狀況如何無涉，也與和何人同在無涉。

只不過，想要預測「幸福」拜訪的時間，是不可能的事情。也無法隨心所欲地製造或產生。說不定在下一個瞬間就會到來，或是搞不好一直等待也沒有下文。就如同海浪或天氣的狀態，任誰都無法預料。「奇蹟」平等對待每一個人，你必須隨時等待降臨。

唯獨那一件事情，我不明白。

聽說，西山君小的時候過著形同遭到父親軟禁的生活，還差一點因為營養失調而送命。他的父親是一位知名的大學教授，研究英美文學，也創作推理小說，可說是個怪人。

母親因為無法和這樣的父親共同生活而離家出走，由於父親不擅於照顧孩子，便將他關在屋裡，將近兩年的時間裡幾乎不讓他外出。三餐似乎也是心血來潮時才給，自己外出的時候總是將門反鎖。由於住處遠在長野的山中，親戚報警之後，鬧得沸沸揚揚才將西山君救出來。當時虐待幼童的事情正巧開始成為社會話題，使得這個案子引起超出了事件本質的議論。

當時在電視新聞看見年幼的西山君獲救之後愣愣的模樣，至今我依然記得很清楚。明明是個無助的小男孩，眼睛卻炯炯有神，臉上甚至還帶著朝氣。

「看到外面的景色這麼漂亮，我很開心，甚至覺得樹葉的顏色太耀眼了。」當時西山君出神地這麼說。

之後，西山君被帶離父親身邊，交給富有、個性自由奔放而且好玩的嬸嬸收養，過著與遭到軟禁時完全相反的生活。

如今他已經三十歲，在一家不是播放音樂讓人喝酒的俱樂部，也非酒吧的尋常小店……受雇當店長。

我覺得，他在遭到軟禁和後來的生活中，一定有了某種領悟。

那是唯有徹底身處於被動狀況、經歷一切才能夠獲得的，非常不得了的領悟。因此，他的眼睛才會顯得如此透明，而且有時還會有神奇的第六感發生作用。

西山君掌管的店名叫「無尾巷」，由一戶獨棟住宅改裝而成，而且真的是位於一條無尾巷中。由於那棟老房子即將拆除，計畫來年將會遷移到稍微大一點的地方。而因為此一轉變，西山君決定前往東京的名店學習，打算進修成為專業調酒師。

那家店的老闆是我的舅舅，趁著老店結束之前給自己放了個長假，出國旅遊去了。而原本想離家獨立但終究只是個習慣養尊處優的大小姐的我，因舅舅受母親之托，他在那家店的二樓騰出一小處空間作為我暫時的棲身之所。

那條街位於距離我居住的地方大約一小時路程的一個大都會。說是大都會，但自然比不上東京，不過也是近郊最大的一個城市，不但新幹線在此設站，也有百貨公司，也有像這樣商店雲集的繁華大街。

我的未婚夫高梨君因為工作來到這個城市。因為他服務的公司，總公司就在這裡。我們倆自大學時代開始交往，不但雙方都見過彼此的家長，還交換了訂婚戒指，並且計畫在他升遷調回分公司之後就結婚。

但是，大約自今年的春天開始，高梨君回覆電子郵件和電話答錄留言的速度開始變慢了。

想必是因為太忙了吧。我依然等待他休假回來，並未特別在意。

實際等到他週末回來，看起來也沒什麼異樣。

我們就像過去那樣，約會、接吻、手牽手散步，或是一同去用餐。

偶爾也會去賓館，或是和大學時代一樣聊著彼此的近況，一起度過平靜的時光。

但是，後來在週末時他也沒有回來，即便打電話找他，也很少立刻回電。

即使如此，我還是一如往常等著他。交往久了之後，沒想到竟然會變成這樣。

因為他幾乎是斷了音訊，所以我去找他的哥哥和姐姐談，之後不知道是否因為兄姐的勸告，他又會打電話來，兩人的關係就這樣勉強維持著。

就算是遲鈍如我，到了今年夏天他一次也沒有回來的時候，也發覺實在不對勁了。我們倆的故鄉靠海，最喜歡在海裡游泳的他竟然整個夏季都沒有回來，我終於覺得，這未免太奇怪了。

雖然我覺得自己的神經很大條，但或許實際上，我早就感覺不對勁了。每當我抬頭望天空的時候就會嘆氣，一喝酒，就會沒來由地淚水流個不停。

但是我和父母親還有妹妹同住在老家，每天有每天得處理、傷神、或者熱鬧的事情，而且母親經營了一家只有攤子大小的三明治店，我每天都會過去幫忙，生活相當忙碌，也有很多值得開心的事情，所以時間就在糊里糊塗之中過去了。

休假的日子，我偶爾會獨自借用家裡的車，開到海邊。

由於海邊有最多自己和高梨君的回憶，初秋的沙灘令我深深感到寂寞。

即使如此，在此處的回憶總是會帶給我一點溫暖。好比兩人的互動、契合的個性、聽著各自購買或者借來的CD開車兜風、聽到感動的歌曲而流淚這些事情。遠距離戀愛剛開始的那段時間，我們因為不願分離而一直牽著手的事情。經常聊著結婚以後要過什麼樣的生活、什麼時候生小孩、要在什麼樣的地方定居等等話題。還有就是夏天游泳的事情。看魚、到岩石區看貝類和水母，生起營火的事情。我只要想起這些，自然而然就會露出笑容。

「是不是應該悄悄過去找他呢？」

我與妹妹商量。

那是某天深夜，我和妹妹邊吃著當日剩下的三明治邊聊天時的事情。

「唔——，只要姐姐不會受傷就好。」

妹妹說道。

「因為，沒連絡，就表示不想連絡吧。所以呢……如果就這樣自然結束，或許比較好吧。」

明明比我還小五歲，可是妹妹有時候發表的意見卻相當老成。

吃著水果三明治的嘴形看起來就和襁褓時一樣，居然已經變得如此可靠啦，不禁令我感嘆。

「可是，所謂婚約，不就是為了避免這樣輕率分手而訂的嗎？不就是已經約定要結婚了嗎？」

我說道。

「話是這樣說，可是事實上已經斷了連絡啦。姐，根本就是妳太遲鈍，前兆那麼多都完全沒發覺是吧？如果妳喜歡那個樣子的話就另當別論，如果不是，我看還是分手比較好。因為我們是一家人，如果姐姐遇人不淑的話，我會很難過的。」

妹妹說。

「高梨君常說，他就是喜歡我遲鈍這一點。還說喜歡我不去參加聯誼，讀大學的時候可以不在乎各式的人際關係保有自己的風格。還有就是，我想多半是因為非常忙碌的緣故，他覺得隨時都可以找得到我，這一點很好，似乎有點撒嬌的味道。」

說到這裡，高梨君的身影再度自心頭浮現，壓得我喘不過氣來。

非常受歡迎，個性開朗，多才多藝，而且溫柔體貼的高梨君。雖然會和別的異性出遊，但總是將我擺在心裡正中央的高梨君。每天打電話，週末必定會和我約會，這是我們踏踏實實交往四年的寶貴過程。

「可是，如果現在就這個樣子，往後不是更不堪設想了嗎？而且人家都說，男人踏入社會之後，人生觀會有許多改變。」

妹妹說道。

「是喔，說的好像也有道理。或許我還是死了心比較好。」

「現在都已經這樣連絡不到人了，再等下去只會心痛呦。」

妹妹說。

「與其說是在等，不如說像是在欺騙自己。其實我並不願意把事情想得太嚴重。我看哪，還是親自去確定一下好了。再見一次面，把事情說清楚。」

「妳有那樣的勇氣嗎？姐。」

妹妹張大了眼睛這麼說。

「我雖然漫不經心，可是好歹也二十五歲，是成年人了，沒問題的。」

我說道。

而且，我無論如何都想再見他一次。

搞不好一見面，他就會抱著我說：「對不起，最近實在是快忙死了，能見到妳真好。」我的心裡仍然抱持著這種樂觀的期待。

「要不要我陪妳一起去？」

妹妹問。

「不必啦，我自己可以，妳不用擔心。再怎麼說我也是姐姐。與其陪著去，不如代替我到店裡幫忙比較好。」

「嗯，好吧。可是，萬一情況很糟，一定要打電話回來，千萬別自暴自棄喔。」

妹妹說。

曾幾何時，妹妹已經變得如此可靠了，我心裡想。自從能夠像這樣聊天之後，我們姐妹倆常會深夜裡在房間閒聊、吃東西、吵架、或是交換彼此的戀愛心事。兩人之間的立場不知不覺間變成平等的存在。

吃吃三明治啦、喝喝啤酒、泡個茶、或是吃個點心，悠哉地度過一段時光，是我們姐妹倆的最愛。

碰巧兩個人都沒出門的夜晚，總有一人會到對方的房間探頭，時間就這樣打發了。深夜裡開著電視的房間總讓人覺得溫暖。我總覺得，身處那個空間可以讓人忘卻世上所有的寂寞與恐懼。

「結婚之後，就沒辦法像這樣聊天了。」就在前不久，我們姐妹倆才這麼說，現在卻瀰漫著這種日子似乎會一直持續到妹妹出嫁為止的氣氛。

與手足在一起，就可以永遠像小時候一樣。身邊有這樣可以談話的人，雖說是家人，卻也能夠令我幾乎忘卻這是自己人生之中相當嚴重的問題。

但是不管怎麼說，我覺得自己一時之間大概無法忘掉高梨君吧。因為，即便必須面對的是最壞的結果，我的頭腦也沒有靈活到足以讓自己快快振作起來。我的人生只會在不論做任何事情都拖拖拉拉的情況下度過。

原本我就不是沒有男人就活不下去的那種類型，但高梨君對我而言是特別的。只有他能讓我坐立不安，讓我難過，讓我雀躍。我總覺得這就是性格相合。對方總是在動，而我總是處於被動去思考，就是這樣的命運。

或許他是生性遲鈍但是在家中卻必須有長女模樣的我，唯一可以表現出自己真實的依賴個性的對象吧。

然而，結果並不是最糟的。

我發了三封主旨是「無論如何都得好好談談」的電子郵件，可是並沒有提到要過去找他。另外在答錄機留下了兩通留言表達相同的意思。

「不管發生什麼事，我都要跟你談一談，否則，就好像懸浮在半空中一樣無法前進。我覺得還是把事情說清楚比較好。總之我想見個面，好好談一談。」

我盡可能用不帶悲傷的語氣這麼說。

可是，沒有回音。

於是為了弄清楚，我準備了約三天的行李，出發前往高梨君所在的城市。

我住進車站附近的商務旅館，等待夜晚來臨。

放下行李一個人去吃午餐的時候，老實說，我還頗為高興。今晚一定可以見到他。只要看到我，他應該就會恢復成過去熟悉的模樣，我們又可以聊各種事情，然後在甜蜜的氣氛下……我這麼想。這個城市住著高梨君，光是這麼想，我就覺得很開心。搞不好，他也在這裡吃過午餐吧，只是這麼一想，我又難過起來。

而後回到旅館睡午覺，我做了一個悲傷的夢。

那是我獨自走在一個不知名的城市裡迷了路的夢。腳步輕飄飄的，不管找什麼人問路，要不是完全不肯回答，就是淨說些我完全無法理解的話。而且空氣一片朦朧，呈現帶著白濁的七彩，彷彿身處霧中，極度悲傷的我已經完全無法思考了。

然後到了晚上九點，我下定決心前往高梨君的住處。

那不知為什麼遷入之後從未讓我住過，也沒找我去過的公寓。

他那輛熟悉的車就停在對面的停車場裡。

屋裡亮著燈而且看得到人影，我鬆了口氣，按下門鈴。

一個女人出來應門。是個美女，看起來很成熟，是個正好和我相反，幹練型的女人。長得有點像高梨君的母親，也讓我有些訝異。

「如果妳要找仁，他還沒回來。」

她說。

「嗯……那個……我叫橫山美美，是高梨君的，老實說，是他的未婚妻。」

我姑且表明對自己比較有利的立場，可是當對方喊著他的名字時，我覺得自己已經慘敗。

「啊……我聽他說過，嗯，請進吧。」

她的頭髮清爽地紮了起來，身上是牛仔褲搭配T恤，正俐落地準備晚餐。而且，這間屋子被她整理得井然有序並且精心布置，看起來確是情人的兩人天地。沒有我的照片，也沒有象徵我們倆回憶的物品，我所認得的大概就只有他掛在衣架上的西裝吧。這是他在故鄉也經常穿的那一套。真是令人懷念啊，想到這裡我的眼淚差點掉下來。就連那樣的東西也令我懷念。

「起初，我覺得只要當他在這裡的女朋友就好。」

她邊泡茶邊這麼說。我只覺得天旋地轉。

「但是，交往的時間愈久，就愈是覺得合得來……仁總是說妳很文靜，受不了打擊，希望我再給他一點時間。可是，同居這件事，我的父母和他媽媽都知道。今年冬天，我們打算正式在一起。很抱歉，我不曉得妳還不知道這件事。」

「妳說什麼？妳的意思是？」

「我們，要結婚。因為他在總公司的表現很不錯，公司同意讓他留下不必回分公司，所以會暫時在這裡住下來。」

「什麼？」

我無力地發出聲音。所謂晴天霹靂（譯注：日文寢耳（NE MIMI）に水）就是這麼回事，而且我的名字是美美（譯注：發音為MIMI）……我的方寸大亂，腦袋裡想到的淨是這種無聊的事情。

哭也哭不出來，只覺得自己實在是個大傻瓜。明明已經沒有自己出場的餘地了，卻還賴著不走，在答錄機裡留下奇怪的留言，甚至還找他的兄姐商量。

更糟糕的是，這時隨著一聲「我回來了。」高梨君打開家門。

回來了……是啊，回到家，他的，家庭……。

他看見我大吃一驚，然後看見我和她相對而坐，似乎就明白了一切。

「對不起，美美。其實，我原本打算到了冬天就把事情全部說清楚。我並不是討厭妳，只是已經找到了更喜歡的人。我的心意已決。」

他說道。

他的聲音彷彿就快哭出來，而那眼神令我實在無法憎恨他。

我自然是淚水撲簌撲簌流下，想說些什麼，卻什麼也說不出來。最後只努力擠出「既然已經變成這樣，也是無可奈何的事情。我都知道了。」而已。
於是，我獨自離開那溫暖明亮的屋子。往黑暗中走去。
漫無目的不知晃了多久，我在途中走進一家酒吧，喝了三杯雞尾酒。鄰座的男人糾纏不休，可是我實在過於呆滯，店裡的人看不下去幫忙解圍，對方才終於罷休。接著，微醺的我想讓頭腦清醒些，繼續在街上走著。這個人人都有歸處，人人都有美好生活的，令人憎惡的城市。而我，只有一個人。
我有親愛的家人，大學畢業，也有未婚夫，原本凡事都如此順利，卻在此地落得形單影隻。
但是同時我的心裡想，算了，這原本就是人世間司空見慣的事情吧。
回到飯店，沖著熱水澡，我才真正的哭了出來。一切都結束了，我心裡想。
妹妹似乎打了很多通電話來，有很多留言。
我哭著打電話給妹妹。果然，妹妹直數落我，姐姐妳這個笨蛋、老實頭、傻瓜，說著說著，聲音哽咽起來。快點回來啊，妹妹說道。我很擔心妳，快回來啊，妹妹一再這麼說。

我實在太傻了，就連我都十分擔心自己。

明明早就知道，既然知道又何必來到這裡呢？我好像此刻才清醒過來。

內心的某個角落想要回家。想回到平日的生活，想把一切全部忘掉。即使期盼已久與高梨君共同展開的新生活已經消逝，我也想要再次融入那擁有我的步調的溫暖生活之中。可是我覺得，若是自己現在立刻返家的話，一定會因為某個微妙的情況而崩潰。

我緊抱著訂婚這個名詞，這個所謂形式上的圓滿不放。這個名詞之中潛藏著會令人以為「這是無人可以挑剔的幸福，堅實可靠，所以不會有問題」的力量。

一直珍視著這些，即便已經腐壞也依然如故的自己實在可悲。

都已經訂婚了，所以，那樣的事情怎麼會……不可能會發生的，我一直如此欺騙自己。

早上醒來，眼睛浮腫，不知自己身在何處，之後才啊的一聲猛然大悟。

那原本如同糖球般可以再三玩味的回憶，那一起努力走來的日子，全都結束啦，我心裡想。

每天早上醒來就先想像一下高梨君今天會做些什麼，已經成了我的習慣。可是這輩子已經沒有必要再這麼想了。因為他已經與我的人生無關了。

苦惱啊，這究竟是怎麼一回事啊？我望著商務旅館純白的天花板這麼思索著。

但不管怎麼說，自己此刻的真實感受是，要我從今天開始恢復原本的生活，是絕對做不到的事情。

我先打電話給父母親，將事情和盤托出。

父親和母親大發雷霆，自然也表示要上高梨家理論。只要形式上能夠幫忙補救，要怎麼做都可以。但是我謊稱自己已經完全不再愛他，事情就到此為止吧。

想到家人出自愛的情緒起伏可能會掀起波瀾我就愈來愈不想回去，於是表示打算暫時留在這裡讓頭腦冷靜一下。雖然全家人都要我立刻回去，但是我已經連去搭電車的力氣都沒有了，再者若是回去他們還安慰我的話，我搞不好會自殺。

房間裡貼滿了充滿回憶的照片，又是日記，又是他送的禮物，有太多太多的東西。那也是我現在不想看到的。

況且，只要一段時間之後，母親一定會恢復理性，知道事情鬧越大的話我所受的傷也就越重吧。

我確實是深受家人關愛。一直都是如此。

母親與我和妹妹就如同三姐妹，由於母親本身的興趣而開了一家只有早晚營業，簡單但是氛圍很好的三明治店，父親只是普通上班族，可是勤奮又顧家，目前一家人身體健康，生活安定。

那樣有什麼不好的嗎？我想不出來。

只不過，當這種事情發生的時候，我才體會到，家人的向心力太強的話也會造成負擔。如果不能夠獨處的話，傷口將永遠不會痊癒。和高梨君長久交往的人只有我，這個傷口只屬於我一個人。即使只是短暫的時間，我也想好好面對。

最後終於達成協議，拜託住在這個城市的舅舅，讓我暫時在他的店面二樓空房住下，大家這才放心。我發誓大概只會住一、兩個禮拜，整理好情緒之後一定會回家，還會每天打電話，而且絕對不會做傻事。

那是從未離家的我，第一次單獨一人的時光。

我決定讓思緒恣意奔馳。早上起來，會窩在被子裡看著藍天，心裡想著：啊！高梨君就在這片天空下。想著想著，就又出現一個不由得感到幸福的自己，忍不住想哭。就像個傻子一樣。

可是，只要想到世界上有高梨君，我就覺得很開心，會一直想要見他。

我第一次試著告訴自己，能夠和真心所愛的人交往，進而訂了婚，是一個美好的經驗。這是司空見慣的事情，並不是只發生在我身上。況且，明明彼此相愛卻只能偷偷摸摸交往的那個女人，想必也曾為種種事情煩心吧。所以，我們是彼此彼此。想到這裡，眼淚就又流下來。

應該是受舅舅之託幫忙關照以防我自殺，受雇的店長西山君偶爾會過來跟我打個招呼。他通常下午或傍晚時分從自己的住處過來，打開店門，或清潔或準備材料。

起初我像蝸牛一樣躲在被窩裡只回應一聲，但是大概過了三天，彼此自然而然變得較為適應了。最好的一點是，沒有不必要的交談，有的只是事務性的關係。

因為覺得不好意思，我決定晚間可能會很忙的時候去店裡幫點忙。

對西山君而言或許只是礙手礙腳平添困擾，但他可能是知道我的情況，因此什麼也沒說，讓我在那裡幫忙。所以，我儘可能靜靜做事不製造麻煩。

還有就是，因為我不太和客人說話，所以一直在觀察西山君和旁人的互動。

那家小店的常客都非常喜歡他，感覺客人似乎都是衝著他而來。

而且我也和其他人一樣，被西山君那對待任何人都一概表現出的朝氣，一種能將人籠罩、彷彿周遭都會隨之亮起溫和光輝的氣質，以及彷彿海風吹過令人心情舒暢的遼闊海面的感覺所吸引。

總覺得只要和他在一起，就會有一種類似解放的感覺。

或許這是個陳腐的比喻，但西山君看起來就像黃昏的天際能夠飛向天涯海角的鳥。有種倏地加速，奮力鼓動雙翼飛翔的感覺。空氣流動著，風打在臉上，在極高的空中鳥瞰世界……給人這樣的感覺。

西山君的無拘無束和不擅拒絕是出了名的，沒有固定的女朋友，但總是同時擁有多位女性朋友，這一點也頗出名。西山君老實表示，每個女孩子他都喜歡，但是現在沒有特別中意的對象。他曾說過自己不必顧慮任何人，再加上沒有行動電話很難取得連絡，似乎沒有什麼女人能夠貼近他的生活。

雖然我因此而為人所羨慕，但是我根本無暇顧及這些。因為自己的事情就已經令我筋疲力竭，別人要怎麼說都隨他們去。我覺得，反正自己不久之後就會離開這裡，而且這是舅舅的店，只是湊巧有這種緣分，沒辦法，因此一點也不在意。

除此之外在店裡，氣惱西山君或者嫉妒他的人也所在多有。嘮叨西山君的人有男也有女。由於他實在是難以捉摸，大家似乎處處都想管他的閒事。

「西山君應該真是一個這樣的人吧，雖說大家都各有看法，但是此人並非只是裝模作樣，而是表裡如一這樣活著的。不過，這正是一件很不容易辦到的事情哪。」我的心裡這麼想。

我無法否認自己為西山君的身體所吸引。他的舉手投足間帶有一種足以讓每一個人都著迷的俐落。長相雖然平凡，但是眼睛就像鑽石一樣，嘴唇薄鼻子挺，頭髮微鬈，外表確實很討人喜歡。

儘管我無法說得很清楚，可是我覺得，最能夠吸引不曾陷入不倫之戀也沒有在公司上班，沒頭沒腦談了一場鄭重其事的戀愛到頭來卻落得一場空的我的，是他的思想。

而且因為我沒有愛上他，所以更有這樣的感覺。

想著在這同一片天空之下，高梨君正和別人過著甜蜜的生活，每天都讓我心痛無數次。他們倆大概正過著原本應該是屬於我和他的生活吧。若是她提重物，高梨君應該會幫忙吧，而她做高梨君最愛的咖哩飯時，應該也會搭配醃藠蕎而不是福神漬吧。

獨自一個人悲傷地咀嚼這些事情，應該可以視為我的復健治療。

「我覺得自己很容易適應環境，也能夠接受許多事情。」

一天夜裡，西山君在打烊前喝著咖啡這麼說。

「但是，小時候經歷過那種事情，應該說是心理創傷吧，你一定也有什麼無法忍受的情況吧？」

我說。

「這個，是因為好奇才問的嗎？」

他說。

「是出自好奇，還有就是，希望待在這裡的這段時間，能夠不要做出惹人厭的事情。」

我回答。西山君微笑著說：

「這個嘛，即便是到了今天，想起當時被關禁閉的感覺，說實在的，還是會覺得不太愉快。偶爾遇到給人那種感覺的女人，實在是令我很受不了。就是那種非得隨時都黏在一起的那種女人。我真的是無招架之力。」

「想必真是那樣吧。」

我說。

「但是，為什麼大家都那麼喜歡跟你在一起呢？」

「或許是因為自己的事情我都能自行處理吧。小時候一直被關在家裡，之後又一直過著隨心所欲的生活，我認為是因為兩者的好處和壞處都很清晰明瞭，所以可以取得均衡吧。還有就是，我不會對事物抱持什麼幻想。我的父親並沒有什麼不正常，他只不過是平衡感比較奇怪罷了，並沒有如同新聞報導所說，每天都過著不正常的生活。只不過是有研究者脾性的鰥夫，跟個小毛頭沒什麼事情好做，感覺比較像是我們各自用自己的方式在山裡過活吧。雖然我當時營養失調的狀況引起極大的爭議，但是我父親自己也是瘦得可以，一旦投入什麼事情就會幾乎忘了吃飯。我們現在偶爾還會見個面，他是個奇怪的人，所以可以有他自得其樂的生活。對我來說，後來社會所寄予的同情反倒造成相當大的困擾。我實在是搞不懂，他們究竟自以為知道些什麼。只不過是因為我經歷了乍看之下悲慘而且罕有的事情，大家就好像突然都變成跟我很親的人了似的。」

「原來是這樣呀，難怪我覺得你總是與人保持著相當的距離。可是話說回來，這家店收掉，你難道不會覺得悵然若失嗎？這是一家很棒的店，而且許多客人是衝著你來。」

「嗯，多少會吧。不過這就像再度出發去旅行一樣，我也會在東京展開新生活啊。」

「我呢，光是想到如果家裡的三明治店沒有了就覺得感傷呢。只要想像無法再見到每天早上都會上門的客人，或是想到每天來幫孫子買水果三明治的半失智老婆婆不知道怎麼樣了，就忍不住想哭。」

「真是個大小姐啊，原來也有這樣的人生。」

「我只是比較孩子氣而已啦。畢竟，我一直都處在當個孩子比較討喜的環境裡。」

我覺得自己涉世未深這一點也讓高梨君頗為放心。

「生長在良好的環境裡並不可恥，反而將之視為一種武器比較好。因為這是妳已經擁有的東西。回去之後，有一天妳又會愛上某個人，有幸福的婚姻，和父母親沒有斷了來往，和妹妹也一直感情很好，然後在妳的所在之處製造出一個大大的圈子就可以了。妳擁有那種力量，而那就是妳的人生，所以沒有必要為此覺得愧對什麼人。是對方被逐出了妳的人生，只要這麼想就好了。」

「聽你這麼一說，我覺得輕鬆多了。因為我一直覺得一定是自己哪裡做錯，才會落得如此下場。只不過，我把自己的幸福設定成那個模樣，因此再怎麼做也不會有所改變，我打算乖乖回家，重新投入生活。」

「就是啊，若是因此就想離家出走的話，那是傲慢啊。這個世界上，每個人各有自己不同的低潮極限。我和妳的不幸，與世上許許多多的不幸相較根本就微不足道，如果實際遭遇那些事，我們可是會被壓垮，隨即送掉小命的。這是因為一直以來都處於安逸幸福的環境裡。但那也不是什麼可恥的事情。」

西山君笑咪咪地說教，但是我一點也不生氣。因為這的確是事實。

「我覺得，出生在那個家庭，而且能夠與家人感情融洽，那都是我的財產，也是我的命。如果借用神祕學的說法，我認為那一定是自己在某時某地所選擇的出生環境。現在，我只是稍事休息而已。人啊，就是需要偶爾這樣一下對吧。」

「嗯，明白了就好。真的很好。要是妳在這裡繼續鑽牛角尖的話，我就覺得那是自己的責任了。不過，我發現妳遠比我想像的要堅強。應該是教養好的緣故吧。」

西山君又瞇起眼笑著這麼說。

「雖然這次的事情讓我覺得自己可憐又有點討厭自己，可是我並沒有否定一路走來的人生。」

我說道，心裡同時想著，西山君的身心還真是安定哪。而且他善於將那種感覺化為語言來說明，實在是令人佩服。

雖然無法說得很清楚，可是在我看來，西山君因為在兒時已經經歷過一生之中最辛苦、備受煎熬的種種情況，所以獲得上蒼眷顧，允許他盡情享受後續的人生。

總覺得，只要與西山君同在，房間就會莫名地溫暖起來，而且覺得能夠接收到許多愛。所以，只要能夠長時間一直待在西山君身邊，肯定會轉運！也能夠擺脫人生的不安。我很清楚，會這麼想的人往後應該會不斷出現。

這是為什麼呢，因為和西山君閒聊之後，不知怎地，我竟然一點也不覺得落寞了。

接著，身體會變得暖洋洋的，心情也隨之開朗起來。甚至還覺得，往後的人生還會遇到許多美好的事物。而且那種感覺並不是歡愉浮動的，而是有如非常平靜的，和緩的水波。

感覺真是好呀，只要知道世界上有這個人就已經足夠，我並不需要占有他，他就像生長在公園裡的大樹，人人都可以在樹下休息，但是大樹並不屬於任何人。我的心裡不禁有種感覺，想要頌讚西山君的存在。

他是公物，對於一開始便如此堅信的我來說，他不過是下午茶，是娛樂，是溫泉之類的而已。

毫無氣勢可言的邂逅，已然存在於此，令人安心的，就是那樣的東西。

某天晚上沒有客人的時候，我大口吃著店裡供應的燉菜，像山羊一般專心嚼著的時候，西山君忽然開口了。

「哎，是不是還有其他原因呢？除了依戀之外，你們是不是還有什麼牽扯？」

事出突然，話從我嘴裡脫口而出。

「錢借給他，沒有還。」

怎麼就這樣說出來了呢？之前我對雙親、妹妹、親戚、對方的父母，甚至對方的女人都隻字未提。而且，這件事情我原本下定決心一輩子都不要告訴任何人。

我對於自己的表現也嚇了一跳。

然後我發現，原來自己很想說出來。

原來如此，原來我一直很想把這件事講給別人聽，想要藉此博取同情。我的層次終究不過爾爾。

於是，我哭了。

「借了多少？」

見我落淚，西山君微微一皺眉，顯得有些憂慮。

「一、一百萬。」

我說。他瞪大了眼睛。

「怎麼這麼多啊！我覺得這不是有婚約的人彼此間應該有的借貸金額。」
「這是我為了結婚，為新居添購家具等等之用，總之是為了手頭能夠寬裕一些而存下來的錢。好比壓歲錢啦、平日攢下來的錢啦、打工的薪水啦，是我從小到大的儲蓄。他要買車的時候借的，我想反正那輛車以後也是兩個人一起開，所以就一起去買了，當時還試乘了。」
我愈說愈難過。
「真是笨啊——」
西山君說道。
「可是，我並不是因為這個緣故而一直陷在這裡。因為，我並沒有要他還的意思。只不過，我到現在才發現，我其實覺得自己是個受害者，想把這件事情講給別人聽。所以，請不要告訴任何人，也千萬別告訴我舅舅。因為舅舅知道之後一定會告訴我媽媽。到那個時候，我就更無地自容了。」
我說道。他看著前方默默不語。

「錢的事情已經都無所謂了，相較之下，我現在更想就這樣過日子。」如同水母般漂流著，在這秋日轉冬的澄澈天空下，在這個城市裡當一個尋常人。

我擦著眼淚這麼回答。

「真是笨哪，那些錢還是得討回來吧。」

「就是因為我笨，事情才會變成這樣呀。好嘛西山君，如果你要出面幫忙索回的話，那筆錢就都歸你。」

「不曾為錢苦惱的傢伙，就是這樣惹人厭啊。這麼不把一百萬當一回事可不行。有些人可是會因此而連夜搬家躲債的啊。」

西山君說道，就像個哥哥一樣。

不，我只是能夠說出來就覺得好過多了，我心裡這麼想。

想說謝謝你聽我講。

可是我說不出口，只用一句「別提了，來喝個茶吧，我來泡。」把話題岔開。

「有昨天客人送的蛋糕喔。」

「拿出來吃吧。」

「嗯——有乳酪蛋糕和草莓蛋糕，還有布丁。選哪種？」

西山君微微彎下腰，打開吧台的冰箱問道。

「我要草莓蛋糕。」

「ＯＫ。」

「茶呢？要喝什麼？綠茶可以嗎？」

「嗯，好。」

我燒了開水。

胸口的悶氣散去，眼前的景色看起來也豁然開朗，茶和蛋糕都如同有生以來第一次品嚐似的那般新鮮。

我仍然覺得很訝異，原來自己是如此想要說出來，如此耿耿於懷。

可是呢，西山君已經絕口不再提那件事。

「哇！這布丁真甜。」

「那不是布丁，應該叫做布蕾不是嗎？」

「有什麼不同？」

「表面的糖要用瓦斯噴燈烤焦。」

「原來如此……」

兩人之間的對話就這樣有一搭沒一搭的，在等待客人上門的靜謐時光中，我的痛苦逐漸溶化了。

其實，有好幾次想到錢的事，還是會覺得很煩。我還有別的存款，在三明治店也不是做白工，而且，目前也沒有因為缺錢而煩惱。再說，在斷了連絡之前，我也常借那輛車來開，原本在不久的將來，也應該會成為屬於兩人共有的車，在外用餐等等也都是他買單，訂婚戒指也不是那麼便宜，儘管錢並未歸還，但實際上已經進了我的荷包。

即使如此，我還是曾經不懷好意地想過要去向他催討……但是，如果他沒提出分手，不是因為不捨、愛情或者體貼，而是因為還不出來，怕我向他催討的話……一想到這些，便因為害怕受到更大的傷害而打消了念頭。

畢竟，即使錢要了回來，他的人也不會回到我的身邊。啊，可是，這些錢或許可以帶妹妹出國旅行啊……思緒不停地打轉。

若是去催討的話，就可以再見他一面，這我也想過。

或許見到我的那一刻，他的內心會隨之動搖，事情又會有轉機……一這麼想，希望便隨之湧現，卻也讓我再次感傷。

錢這種東西，一旦發展成這種狀況，樣貌就已經轉化，變成像是屬於精神層面之物。

想到可以用那筆錢和妹妹去旅行的時候，腦袋裡竟然浮現出相同金額泛著金色光芒的影像，但是一想到可以作為再見一面的幌子，卻又變成黑紫色的內疚。

一想到他若是心懷不軌故意不還，他的狡詐就會令我悔恨而內心變得更加黑暗，而自己成了十足的被害者，影像的顏色也隨之變得如同怨言一般污濁。

如果相同的金額可以幻化出各種顏色，老實說，我希望可以盡量只和美好的顏色產生關連。不過我也很清楚，那是不可能的事情。感覺就好像在哪裡看著什麼有趣的事物一般，我出神地看著沉睡在自己心中的各種色彩不停轉動輪流變換的模樣。

我覺得，家人啦、工作啦、朋友啦，以及未婚夫等等，就如同一張能夠隔離那些潛藏在心中的恐怖色彩的安全網。這張網織得愈密，自己就愈不容易跌落，運氣好的話，就得以一輩子不用明瞭底下的世界。

天下父母的心願，不就是「能夠儘可能不讓孩子發現谷底有多深」嘛，所以，這次的事情，雙親或許會看得比我更嚴重吧。想必他們正為了不讓我跌得太重而相當傷神吧。

就這樣，人類群策群力創造出能夠不殺人而得以繼續生存的結構……思緒膨脹至此之後，不知怎麼地，那些在印度街頭身上沾著狗糞過日子的人、向地下錢莊過度借貸而後只能連夜潛逃的人、無法戒酒而毀了全家、還有單親媽媽、情緒失控虐待兒童啦、因為婆媳失和而下手殺人等等，在我的心裡已經不再只是沉重、令人厭惡或可怕的事情了。

在這家名為「無尾巷」的酒吧二樓，像是個乳臭未乾的學生的我認真思考著：「或許這次的經驗對我來說是件好事。自己這些感受，或許只是在柔軟的雲上面透過一個小孔往下窺探那種程度而已，那是否真是底層的世界，我也無從得知，但重要的是，即便如此，我仍然要繼續看下去，這是我自己決定的。」

自己想要理解的，是那個人的世界，一定是的。

我已經能夠這麼想了。

如此一來，我逐漸覺得高梨君是一個距離自己非常遙遠的人，而且開始可以將他視為一個想法與自己截然不同的路人，而不是會溫暖地牽著我的手的另一隻理想的手。

換成是我，在另結新歡的時候，如果那是真心的話，應該會坦然告知另一半吧。

我甚至覺得，沒有這樣做，拖拖拉拉讓事態發展至今天這個地步的他，根本就和我完全合不來。

心中的思緒一直打轉無法停止，因為如此，不知道為什麼，我就像找回了青春似的心情平和。

很久以前，我會望著夜空，漫無目的地想著死亡、生命、以及自己想要什麼樣的人生等等大事。

星光閃爍，夜空無限遼闊。

那時風帶來的寒意、無垠的未來、籠罩住家鄉城鎮的海潮氣息，那些感覺，又在我的心底逐漸甦醒。

自由自在，無邊無際，有如歌曲一般，有如旋律一般擴展的，某種心的狀態……我要繼續去追尋這種狀態，自己還有能力，現在的我這麼認為。我那原本平和、散漫、對疼痛感覺遲鈍的心，感覺像是被剝了一層皮。痛是會痛，但是與繼續傻傻地過日子相比，皮膚所接觸的空氣變得新鮮多了。

好吧，差不多該回家去，重新振作了。

雖然將與西山君分別令人感傷，畢竟他幫助我恢復了許多，聽他說話也讓我長進不少，不過總還有再見面的機會吧，我輕鬆地這麼想。

「心情也整理好，差不多該回去了。」

來到店裡的時候我這麼說。

「耶——那我會很寂寞的！」

西山君聞言這麼對我說，顯得非常遺憾。

「對妳說來不太好意思，但我覺得每天都很愉快。」

「不，我也很愉快，甚至想要一直過這樣的日子。」

我說。

還沒有客人上門，我正擦著玻璃杯。這些似乎是舅舅一個個收集來的寶貝杯子，我至少要全部擦得亮晶晶的作為回報。

在這裡的這段期間，舅舅大概是因為有所考量連通電話都沒打來，可是我真的非常感謝他。就因為他沒有管太多，我才能夠比較自在，並暗自決定，下回過年來玩的時候，再好好道謝。若是舅舅在的話，想必我會受到更多安慰、被帶著到處跑，被逼得喘不過氣來吧。正因為待在全部都是陌生人的地方，我才得以放鬆，並且隨即開始懷念起在這裡的日子。

雖然在這裡我什麼也不是，工作也一毛薪水都領不到，但是反正有西山君照護，覺得悶的時候逕自上二樓睡覺就好。再怎麼想事情都不會被打斷，化妝比較濃也不會有人察覺，眼睛哭腫了也不會有人說什麼。而且，白天的時候只要上街走走，就會立刻變成旅人。由於是獨自一個人在這裡，看書的時候文字會奇妙地滲入心裡，再加上感受因為悲傷而變得敏銳，季節的遞嬗彷彿能夠清楚握在手中一般璀璨。我已經許久未能體驗如此澄澈而美麗的秋天了。

而且也因此明白，自己仍有地方可以回去。總是自己一人終究只會越晃蕩越消沉。

此外還發現，自己竟然出乎意料地在乎金錢，小心眼，果真是個顢頇而不知人情世故的爛好人。

在此短暫停留的這些日子……彷彿迅速沉落杯底，只能透過悲傷的濾鏡才得以觀覷的風景深深刻在我的心中，只要自己活著，想必往後會帶來許多幫助吧。

有了如此認知之後，心情就如同剛結束長途旅程歸來一般舒暢。

我覺得，能夠試著堅持下去真是太好了。

「什麼時候回去啊？不會就是明天吧。」

西山君像個大姑娘似的忸忸怩怩，撒起嬌來。一臉隨時會哭出來的表情。這一點，應該也是他受歡迎的祕訣之一吧，我心裡想。能夠如此忠於自我的人實在是難得一見。

「雖然我即將回歸自己的生活，可是西山君，我一輩子都不會忘記你，真的是非常感謝。我打算後天，也就是星期天回去。」

說著說著，就連我自己都想哭了。但是克制自己不在這裡哭出來，也是我和西山君的不同之處吧，我心裡想。

「嗯，雖然會覺得寂寞，可是，時機已經成熟了，回家絕對是件好事。」

西山君半哭著說道。

「總會再見面的啦，又不是要死了。呼哧。啊……好難過呀……」

然後，像是要掩飾悲傷似的，開始專心投入開店的準備工作，偶爾嘆氣發呆。

我不由得暗自高興。如此短暫的時間，我的存在確實在此處留下了影子。

於是我發覺，雖然自己多半不可能像他那麼率直純真，但是我希望多少讓自己的人生接近一點如同他那樣忠於自我的人生。

隔天，我想留封信給舅舅，寫著寫著不知不覺打起瞌睡來時，窗外突然響起汽車喇叭聲。

總覺得有些耳熟的聲音甚至傳入了夢中。

夢中的我，在白茫茫的牛奶色甜美冬日天空下，見到了高梨君。什麼嘛，只是一場惡夢而已，我們不是還在一起嗎？證據就是，他開車來接我了，而且，我們接下來應該會去享用許久沒吃的美食，天南地北暢聊種種，確認彼此從今以後將會永遠相守吧。一定是哪裡出了問題，只不過是在那個女人面前，無法說出真心話罷了，啊——真是太好了。

我在夢中邊這麼想邊笑著，但是眼睛卻滲出了淚水。

接著，喇叭聲再次響起，我清醒了過來。

由窗戶往下一看，就如同夢境持續一般，高梨君的車停在那裡。

老實說，我簡直是興奮到想要衝下樓去。啊！他回心轉意了，還是我比較好吧，畢竟，我們倆的感情是長時間建立起來的，不可能立刻就這樣結束……我這麼想。

但是，下一個瞬間，現實給了我嚴重的打擊。

從駕駛座探出頭來的，竟然是西山君。

我連忙下樓，心情複雜。

「怎、怎麼回事？這車，是你去偷的？」

我問道。

「這車，他說要給妳。我去索討一百萬，他就說車子給妳。文件等等全放在前置物箱裡囉。保險的事情，他說會請父母或其他家人這幾天幫忙處理，算是聊表一點心意。」

西山君說。

「即使這麼說我也……」

這不像是事實的發展令我相當困擾。

「你和高梨君見面了？」

「是啊，我說妳正和我交往，請他放心。這當然是騙人的啦。然後，我就表示希望他還錢，他說現在還不出來，於是我就試探一下說，那，用那筆錢買的車就讓給我們吧，沒想到他立刻就點頭了。沒有想像中那麼差勁嘛，那傢伙。原本還以為他是個更令人生厭的人。」

「是、是嗎？唉呀，好歹是我過去看上的人嘛，哈哈哈。可是，會不會純粹只是因為誤以為西山君是黑道，心生恐懼才答應的呢？」

「不，感覺並不是那個樣子。他仍然因為妳上回找上門一事而不知所措，並且因為沒能夠妥善處理，只是傷害了妳而感到抱歉。所以，他說只要是能夠辦到的，他希望能夠盡力表示歉意。他說如果妳要車的話，他也會覺得比較好過。事情進行得非常順利喲。」

原本我已經覺得都無所謂了，現在事情卻演變成這個樣子，也不知道是不是好事。我想那也是西山君打從心底認為這件事情理應如此，所以明顯由態度上反映出來吧。

「但是，這輛車上似乎會有那個女人的味道，想到就討厭，也許賣掉比較好。」

我說。

「這件事回家再考慮好了。要不要坐一下？我們找個地方兜兜風吧。這裡最大的公園妳也還沒去過對吧？」

西山君說著笑了。因此，我也不再堅持，坐進過去只和高梨君同乘過的車。

一坐上車，回憶又迅速湧現。

視線的位置、安全帶的感覺、窗戶的曲線……但是，坐在旁邊的是，西山君。比高梨君瘦，駕駛技術略遜高梨君一籌的西山君。

啊——現在是現在，沒什麼好在意的了。我這麼想。

然後，我平心靜氣打量車內，似乎特地費心在開回來之前去洗車、清理菸灰缸、清潔車內並且把油箱也加滿的西山君，我由衷感謝。

因為他並不知道，這些小地方對我而言會起多大的鼓勵作用。他並不是要巴結我，而是風度良好，認為這是理所當然的事情。

我的心情再度恢復愉快，開始想著車子要停在家的哪裡，對了，明天就開車回去吧，諸如此類開心的事情。

而我的面前，流動著陌生的街景。

以後應該不會再到這裡生活了吧，而且本來要和我一起生活的人將會在此和別人一同過日子吧。人生啊，不論遇到什麼樣的事情都不足為奇，雖然這次的事實在讓我嚇了一跳，而且至今依然尚未平復，但是我卻慶幸因此才得以度過如此有意思的一段時光。增加了在酒吧打工的經驗，稍微懂了一點爵士樂，窺探了不同的生活，簡直就像是留學一樣。這一切，全都是托這一位碰巧遇見的好導遊之福啊，我看著流逝的景色，內心平靜地這麼想。

「話說回來，交往了這麼久，那個男人卻連妳會認真思考各種事情、在人生的各方面也力求均衡、看似大而化之其實卻相當敏銳、出人意料的冷靜等等，這些妳真實性格的一半都不了解，不是嗎？」

西山君說道。

「是喔？我覺得在那麼久的交往時間裡，好像也經常跟他談那一類的事情啊。」

「那張臉啊，看起來就不像是會認真聽別人講話的人。那樣的傢伙，無趣得很。八成是只用長相和身體來評判女人的那種類型。」

「再怎麼說也不至於那麼糟吧。」

「不，我知道，那傢伙非常大男人，是絕對不會給自己女人自由空間的那種類型。」

「唔……聽你說成這樣，跟他分手真是太好了。」

「我清楚得很。那種人啊，想法相當僵化的。唉，雖說是一直待在家裡，往來相同的場所，雖說是過著固定的生活，乍看之下顯得安頓，可是甚至連心都封閉起來還認為是平靜而單純，其實是非常膚淺的想法。可是，大部分的人都是這麼想的喲。人的內心明明是可以無限拓展的。甚至連自己的心中沉睡著何等貴重的寶物都不去想像一下的人，也比比皆是呢。」

西山君說道。

原來，這就是西山君的論調，西山君的想法啊，我心裡想。

車子終於行經一處大公園的門，緩緩駛在寬敞的路上。我不知道還有這麼大的一個公園。由於是平日，只看得到稀稀落落的人，放學回家途中的學童三五成群快樂地走在一起，帶小孩的母親推著嬰兒車散步，學生情侶安靜地約會，慢跑者嗖地跑了過去。

接著車子來到一處高聳的銀杏行道樹持續延伸的路段。

好美的景色。銀杏行道樹延續到哪裡，銀杏的黃色葉子就堆積到哪裡，遍地都是黃色。受光的部分發亮，有如下過黃色的雪一般，成堆的枯葉山，柔柔地覆蓋街道，無盡地延續下去。

「哇，好美喔。」

我說。

「很像雪吧。」

西山君說。

我下了車，鞋子踏著銀杏葉發出窸窸窣窣的聲音，信步而行。一邊品味著乾爽的樹葉的香氣以及輕脆的觸感。

陽光灑下，再加上這一帶幾乎不見其他人，一種彷彿身處雪景之中或者天國一般的神聖感覺油然而生。幾乎深達我小腿的枯葉，再怎麼踩踏也不見減少，只是隨著乾爽的聲音起舞。

而且，這柔軟的樹葉山彷彿將一切都吸了進去，鳥鳴和街道上的聲音聽起來都像是在極遠處。

邊喝著西山君買來的罐裝加糖咖啡，我們像是小孩子似的一直踩著窸窸窣窣的聲音到處走，甚至連膝蓋都弄髒了。

在那裡，沒有過去沒有未來沒有話語什麼都沒有，有的只是在陽光下黃得發亮的枯葉所散發的香味而已。

那一段時間裡，我非常幸福。

然後，隔天早上，我開著那輛車回家了。

家人似乎講好要當作什麼事都沒有，若無其事出來相迎。妹妹出去約會，不在家。父親和母親對車的事也不太過問，只表示手續一定要辦好，他們會幫忙。

我笑著說，打算以後要開著這輛車到處跑。

我是真的打算這麼做。

不知道為什麼，心裡已經不太難過，然後，我回自己的房間一看，竟然有種進了陌生人房間的感覺。

正把照片從相框裡拿出來撕破丟掉時，妹妹回來了。

「姐，妳不在家我可無聊啦。」

妹妹笑著說。

我暫時還不會離開這個家，因為這段時間家事都推給了妳，為了表示歉意，下回開車帶妳出去請妳吃大餐吧，我說道。妹妹樂得像個小孩子似的。

我不禁覺得，能夠這樣實在是太好了，而這全都是拜西山君，以及他所說的話語之賜。

因為想念，第二天晚上我打電話給西山君。

「謝謝你多方的照顧。」

我說道。

「哪裡的話，我也很開心。」

西山君說。

應該是正在準備餐飲吧，電話那頭傳來鍋蓋的聲響。嗯，是壓力鍋鍋蓋的聲音。那是西山君每天用來做關東煮、蒸味噌蘿蔔的鍋子。

從我日前借住的二樓小房間，無尾巷最接近巷底的窗子，可以看到對面大馬路上來來往往的車輛。到了傍晚，巷中店家的燈紛紛亮起，在暮色之中浮現。走下樓梯，常會看見西山君在清潔小店各處。店裡瀰漫著烹調小菜的香味，吧台整理得整齊乾淨。那景象令人懷念。

「到東京定下來之後，要告訴我連絡地址喲。我如果去東京，一定會去找你玩的。」

「嗯，請務必賞光。」

我們這麼聊著，但同時彼此的心裡也都明白，那種快樂的日子已不復返，或許以後也不會再見面了吧。

那些日子，就如同神輕輕為心情懊喪的我蓋上毛毯一般，純粹是機緣巧合。就好比煮咖哩，碰巧將剩下的優格、香料或者蘋果等等加進去，並且稍微多加了一點洋蔥，然後就在肯定只有百萬分之一的微小機率下，會變得非常好吃，可是，這種狀況不會再出現第二次了，就是類似這種感覺的幸福。

那是一段並未對任何人或者任何事物抱持期待，也沒有任何目標，卻在極度的巧合之下發出光輝的日子。

因為明白了這一點，心裡更加難過，但也分外感謝。

「承蒙你多方照顧，非常感謝，總覺得像作夢一樣，非常快樂呢。真的很謝謝你，我會感謝你一輩子，一輩子都不會忘記的。」

「別這麼說，我也真的很開心。這可說是我在這裡最美的回憶。」

出乎意料多愁善感的西山君聲音顫抖。

但是西山君應該會很快忘了那些有我的日子，優雅地朝人生的下一個階段前進吧。

「嗯，真的很謝謝你。還有，車子的事也非常感謝，我就不客氣收下了。」

「那樣很好呀，真的。如此一來對方也會比較好受吧。」

「保重啦。」

「嗯，妳也保重。要幸福喔！」

「你也是，希望今後你會遇到許許多多幸福快樂的事情。」

我的眼中也滲出淚水，掛斷電話之後哭了一會兒。這是感謝時光流轉的奧妙，讓人揪心的、燦爛的、單純只因感傷而流下的，美好的眼淚。

現在，在各自的天空下，明白彼此幾乎可說是痛切的感傷心情，那從酒吧二樓窗戶看見的風景，以及那無邊無際堆滿銀杏落葉的靜謐金色世界，又在我的心中浮現。

我一定會將這些如同寶盒一般收藏在心中，即便日後完全忘卻原本是在什麼情況下見到、當時又是什麼樣的心情，可是在我臨終之際，想必會化為前來迎接自己，象徵幸福的，閃閃發光的燦爛景象之一吧。

初版後記

就如同威廉・柏洛茲創作《酷兒》這本小說時產生了「為何自己非得將如此痛切、不快、撕裂心肺的回憶，如此鉅細靡遺呈現出來不可呢？」（《酷兒》，威廉・柏洛茲〔W. S. Burroughs〕著）的想法一般，這本短篇小說集也是在令我不斷自問：「為什麼自己要在這個時候，把自己最拙於面對、覺得最痛苦的事情寫下來呢？」的情況下寫就的作品。每一篇都是令人感傷的愛情故事。

莫非，是因為待產，才會急於將過去所有的傷心往事做一個清算總結呢？

（如果視為別人的事情來加以分析的話。）

因此，雖說書中的故事沒有任何一個是我的親身經歷，但不知道為什麼，卻覺得這是我自開始創作以來最像私小說的小說。

透過再三閱讀咀嚼，人生中最低潮時期的遭遇就會逐漸再次清楚浮現。

所以說，對我來說這是非常重要的作品。

感謝事務所的所有工作人員，以及文藝春秋的平尾隆弘先生、森正明先生。負責封面影像的合田ノブヨ小姐和擔任設計的大久保明子小姐，也非常謝謝妳們。有這麼溫暖的工作團隊支持，實在是一件幸福的事情。

或許讀者諸君會想：「為什麼自己會花錢買這麼令人感傷的小說來看呢！」也說不定，但因為我總覺得這種感傷的情緒（如果碰巧您和我心意相通，讀了之後覺得感傷的話。）一定是某種不可或缺之物，因此還望各位見諒。說來有點傻，這本短篇集，讓我在看校對樣的時候忍不住哭了出來，可是我卻感覺到流下的眼淚稍稍洗去了心底的痛苦。個人衷心祈盼各位讀者也會有相同的感受。

還有一件有點傻的事情，這本名為《盡頭的回憶》的小說，是我自寫作以來，最喜歡的作品。也因為寫出了這樣的作品，我覺得能當個小說家真是太好了。

吉本芭娜娜

二〇〇三年

藍小說 848

盡頭的回憶（二十週年紀念新版）

作　者─吉本芭娜娜
譯　者─張致斌
編　輯─黃子萍
封面繪圖─合田ノブヨ
封面設計─霧室
內頁排版─芯澤有限公司

總 編 輯─嘉世強
董 事 長─趙政岷
出 版 者─時報文化出版企業股份有限公司
108019臺北市和平西路三段二四〇號三樓
發行專線─（〇二）二三〇六─六八四二
讀者服務專線─〇八〇〇─二三一─七〇五
（〇二）二三〇四─七一〇三
讀者服務傳真─（〇二）二三〇四─六八五八
郵撥─一九三四四七二四時報文化出版公司
信箱─（一〇八九九）臺北華江橋郵局第九九信箱
時報悅讀網─http://www.readingtimes.com.tw
電子郵件信箱─liter@readingtimes.com.tw
法律顧問─理律法律事務所　陳長文律師、李念祖律師
印　刷─勁達印刷有限公司
二版一刷─二〇二三年六月十六日
定　價─新臺幣三六〇元
（缺頁或破損的書，請寄回更換）

時報文化出版公司成立於一九七五年，並於一九九九年股票上櫃公開發行，
於二〇〇八年脫離中時集團非屬旺中，
以「尊重智慧與創意的文化事業」為信念。

盡頭的回憶 / 吉本芭娜娜作；張致斌譯. -- 二版. -- 臺北市：
時報文化出版企業股份有限公司, 2023.06
面；　公分 . –（藍小說；848）

ISBN 978-626-353-869-6（平裝）

861.57　　112007310

ISBN 978-626-353-869-6
Printed in Taiwan